Chara

DEADSHOT

DEADLOCK3

英田

この作品はフィクションです。
実在の人物・団体・事件などにはいっさい関係ありません。

目次

DEADSHOT

口絵・本文イラスト／高階佑

＊＊＊

　山中に点在する粗末な小屋は、すべて扉を閉ざして寝静まっていた。見張り役らしい三名の男たちは警戒した様子もなく、焚《た》き火を囲んで暖を取りながら酒を飲んでいる。朝靄《あさもや》は出ているが空が明るくなり始めているので、視界はさほど悪くはなかった。

　フリッツ・ボナハムは双眼鏡を下ろし、腕時計で時間を確認した。すでに部下たちは定位置について、ボナハムからの攻撃開始の合図を待っているだろう。

「こちらアルファ。ブラボー、チャーリー、デルタ、問題はないか？」

　無線機で呼びかけると、それぞれのチームから準備完了の返事があった。ボナハムは予定通り、五時ジャストに攻撃を開始するよう命令を下し、茂みの中に腰を下ろした。

「……準備はいいか？」

「うん。いつでもいいよ」

　ボナハムの傍《かたわ》らで少年の声が答えた。少年はガムを噛《か》みながら地面に寝転がって、伏射の体勢で二脚にセットされたM二四スナイパー・ウエポン・システムを構え、スコープを覗《のぞ》き込んでいる。その姿からは緊張も不安もまったく感じられなかった。

数分後、静かな山中に銃声音が響き渡った。部下たちが行動を開始したのだ。茂みの中から双眼鏡で戦局を確認していると、奇襲を知ったゲリラたちが銃を構えて、次々と小屋から飛びだしてきた。

レオポルド社製のズーム式狙撃《そげき》スコープで標的を捕らえた少年は、躊躇《ためら》うことなく引き金を引いた。優に三百メートル以上は離れているが、難なく敵を撃ち倒していく。

ボナハムの部下たちは圧倒的な攻撃力で、ゲリラたちのキャンプを制圧してしまった。攻撃開始から、三十分もたっていない。ボナハムが訓練の成果に大きく満足していると、少年の弾んだ声が聞こえた。

「ねえ、ボナハム。この新しいライフルはすごいよ。面白いほどよく当たる」

たった今、何人もの人間を殺した少年の顔には、子供らしい無邪気な笑みが浮かんでいた。

ボナハムは複雑な私情を呑《の》み込み、「お前の腕がいいんだよ」と褒めてやった。

「まったくお前は最高の狙撃手だ」

メトリック・サイト・スコープを覗きながらの射撃にはコツがいるが、この少年は初めての時から天性の勘のよさで瞬時に適正な角度と着弾点の位置を悟り、指導の必要は皆無だった。

「狙撃はもういいから、接近戦に出してよ。援護ばかりじゃつまらないよ」

少年が不満げに唇を尖《とが》らせる。ボナハムは憐《あわ》れみを感じずにはいられなかった。現役時代、鉄の男と言われたボナハムだが、心まで鉄でできているわけではない。

「そのうちな。ウィリーの許可が出てからだ」

「だったら、次にウィリーがキャンプに来た時、頼んでみるよ」

まるで新しいオモチャを買ってもらうよ、というような軽い口調だった。

「今日は六人倒したよ。ウィリーは褒めてくれるかな?」

もちろんと答えると、少年は嬉しそうに微笑《ほほえ》んだ。彼にとってウィリーは神も同然だ。

「お前は彼の自慢の息子だよ」

口ではそんなことを言ってみたが、この子が死んでもあの男が涙ひとつ流しはしないことを、ボナハムは誰よりもよく知っていた。

1

「イーガンの仕業だとは思えないね」

マーク・ハイデンの断定的な口調に、ユウト・レニックスは「どうかな」と異議を唱えた。

「俺とロブが前日にイーガンと会っていたことを知る人間は、ごく限られているんだ」

ハイデンは几帳面《きちょうめん》に片づけられた自分のデスクを、不機嫌そうに指で叩《たた》いた。

「かもしれないが、それだけじゃイーガンを取り調べることはできない。君が覚えていた車のナンバーを照合したが、該当する車両は存在していなかった。君らを襲った連中とイーガンとの繋《つな》がりを示す証拠は、今のところ皆無だ」

「証拠なんてなくても、イーガンを叩けばホコリは出る」

スミス・バックス・カンパニーの社長であるジャック・イーガンは、テロリストのリーダーであるコルブスを、匿《かくま》っているかもしれない男なのだ。コルブスは連続爆破事件の首謀者であり、ホワイトヘブンという謎めいた組織を率いている。

「レニックス、冷静に考えてみろ。わざわざ名乗って君らを襲うほど、彼も馬鹿ではないはずだ。君らに何かあった時、一番に疑われるのは自分なんだぞ」

ハイデンの言葉には一理ある。ユウトは苛立《いらだ》ちを抑え、ソファの背もたれに背中を預けた。

LAからワシントンDCにやって来て、わずか三日目で事態が急転した。数時間前、イーガンの秘書を名乗る男が、ユウトとロブに拳銃を突きつけて、ふたりを拉致《らち》しようとしたのだ。ユウトが咄嗟《とっさ》に自分の拳銃を向けて抵抗すると、男たちはなんの躊躇《ちゅうちょ》もなく発砲してきた。

ふたりは偶然居合わせたディック・バーンフォードの車に飛び乗り、かろうじて難を逃れたがしつこい追尾を受け、DCの街中で派手なカーチェイスを繰り広げる羽目になった。

「もちろん直接命令していないからといって、イーガンがまったく無関係だとは、私も思っていないがね」

三十代半ばにしてFBI（連邦捜査局）本部に自分のオフィスを持つハイデンは、エリート然とした気取った雰囲気を持つ嫌な男だが、それに見合うだけの判断力と頭脳は兼ね備えている。個人的感情は別にして、彼が有能な上司であることはユウトも認めていた。

「学者とその助手をさらうためだけに、わざわざ偽造ナンバーの車を用意したんだとすると、連中は相当に用心深いね」

ユウトの隣に腰かけたロブ・コナーズが感心したように口を挟む。ハイデンはソファに座っているユウトとロブを見比べながら、苦々しそうな表情で腕を組んだ。

「まったくもって、わけがわからん。君とコナーズ博士は表向き、あくまでも学術的研究を目的としてイーガンにインタビューをしたんだろう？　それだけで襲われるなんてことは、普通では考えられない。君がＦＢＩ捜査官だってことがばれたのか？」

ユウトは唇に拳を当ててしばし考え込み、自分の推測を口にした。

「イーガンは気づいてないはずだ。けれど俺たちを襲った誰かは、学者であろうとＦＢＩであろうと、イーガンの周囲を嗅《か》ぎまわる者は許さないってことだろう。そのためなら荒っぽい手段に出ることも厭《いと》わない」

「君らを助けてくれたバーンフォードは、男たちの正体を知っていたのか？」

ハイデンの口からディックの名前が飛びだし、ユウトの心は風を受けたロウソクの炎のように一瞬だけ動揺した。けれどすぐに自分を取り戻して、ユウトは「みたいだな」と頷《うなず》いた。

「もしかしてコルブスの仕業じゃないのか。彼は君になんらかの執着を持っているようだし、考えられなくはないだろう？」

ハイデンの言葉に、ユウトははっきりと首を振った。

「違うと思う。コルブスが俺を邪魔だと思っているなら、ＬＡにいた時に襲えたはずだ。むしろあいつは、俺がＦＢＩに入ったことを面白がってさえいた。それに自分は捕まらないという絶対的な自信を持っている。いきなり焦ったようなやり方で襲ってくるのは腑《ふ》に落ちない」

確信を持ってユウトが答えると、ハイデンは眉間《みけん》にシワを寄せ「気持ち悪い」と呟《つぶや》いた。

「なんだって？」

「非常に気持ち悪いと言っているんだ。イーガンとコルブス、それに君らを襲った連中。この三者はきっと根本ではひとつに繋がっているんだろうが、意思の統一というものが感じられない。それぞれが自分勝手にバラバラで動いているようじゃないか」

「確かにね。何かしらの利害の一致があって協力し合ってはいるが、実際は仲のいいチームというわけじゃないのかもしれない」

軽い調子で口を挟んだロブに目を向け、ハイデンは表情を厳しくした。

「コナーズ博士。あなたはもうLAに戻ったほうがいい。一般人のあなたを、これ以上危険な目に遭わせるわけにはいかない」

ロブが驚いたように姿勢を正した。そういう選択はまったく考えていなかったらしい。

「大丈夫ですよ。今後は周囲を警戒して慎重に動きます。俺のことはどうかご心配なく」

「しかし、何かあってからでは遅いんですよ」

「何かあっても、FBIに責任を押しつけたりはしません。俺にもまだDCでこなしたい個人的予定もあるんです。もうしばらくはこちらに滞在します。それから不本意ですが、護身用に拳銃を携帯することにします。こう見えて射撃は得意なんですよ」

楽天的な返事だが、ロブが簡単に引き下がりそうもないのは明らかだった。殺されそうになったというのに、ロブの態度に恐怖や不安の気配は感じられない。鈍感なのか神経が太いのかわからないが、学者のくせにとことん肝の据わった男だとユウトは感心した。

ハイデンは話の通じない相手に嫌気が差したのか、これみよがしな溜《た》め息《いき》をついた。けれどすぐに表情を引き締め、ユウトに視線を向けた。

「レニックス。ネイサンが在籍していた当時の、MSC在籍者リストの件だがね」

「ああ。何かわかったのか？」

MSCの正式名称は「military school for security cooperation」。国の認可を受けて運営されている軍事訓練キャンプだ。ネイサン・クラークがそこでコルブスと知り合ったと供述していたことから、当時の在籍者リストを調べれば、コルブスの素性を割りだせるのではないかと期待がかけられていた。

「全力を挙げて調査したが、残念ながらコルブスに該当しそうな訓練生は見当たらなかった」

「そんなはずはない。ネイサンはMSCでコルブスと出会ったと言っていたんだ」

「しかし、いなかったんだ。あのキャンプに入る白人はそれほど多くない。ひとりひとり当たっていったが、すべて空振りに終わった」

ユウトは立ち上がって、リストと調査結果のデータを見せてくれと頼んだ。ロブも隣にやって来る。ハイデンが差しだしたファイルを受け取り、そこに記された訓練生の名前や住所を食い入るように眺める。リストの五番目でユウトの視線は止まった。

――ダグ・メイアー。四十一歳。職業、ジャーナリスト。MSC在籍当時の住所はDC。

「このダグ・メイアーという男。現住所がフィラデルフィアになっている」

ハイデンはそれがなんだという表情で、ユウトを怪訝《けげん》そうに見ている。

oug Mayer
ersity of Pennsylva
27 North Juniper
iladelphia PA
215.60
Pottstown.
nsylvania Phil
idcourse.
in 1998
MSC.

「車を貸してくれないか。今からメイアーに会いに行ってくる」

「おい。その男はコルブスじゃないぞ。フィラデルフィア支部の者が聞き込み調査に行ったが、完全にシロだった」

「わかってる。俺はただ直接会って、ＭＳＣでの体験談を聞きたいだけだ。ネイサンのことで、何か覚えていることがあるかもしれないだろ」

　ユウトの熱心な訴えを、ハイデンは冷ややかな目つきで受け止めた。

「君はいちいち自分で確かめないと、気が済まない質《たち》なんだな」

「そうだ。少しでもコルブスに繋がる可能性のあるものは、見逃したくない。頼む、ハイデン。許可してくれ」

「はっきり言わせてもらうが、君は一番嫌なタイプの部下だ」

「言われなくても自覚してる」

　にらみ合いの後、ハイデンはお手上げだというように肩をすくめた。

「どうせ駄目だと言っても行くつもりなんだろう。好きにしろ。ただし、くれぐれも注意して動け。少しでも異変が起きた時は、すぐ私に連絡しろ。いいな。それとイーガンには一応、監視をつけておく」

　ユウトは「了解」と頷き、ファイルをデスクに置いた。

ハイデンが手配してくれた捜査用車両は、目立たないタイプの平凡な白いセダンだった。ユウトとロブはトランクにそれぞれのスーツケースを収めた。ハイデンが安全のためにホテルを変えたほうがいいと判断し、部下に指示してふたりの荷物を持ってこさせたのだ。

「俺が運転しよう。友達がフィラデルフィアにいたから、何度か車で行ったことがある」

ロブがキーを受け取ろうと手を差しだしてくる。有り難い申し出だった。何か起きた時、ハンドルを握っていては、すぐに対応できない。

「……本当にいいのか?」

ユウトはロブの目を見ながら呟いた。ロブはユウトの深刻な表情に気づいているくせに、「いいよ。運転は好きだから」とおどけるように微笑んだ。

「ロブ。真面目《まじめ》な話だ。本当にLAに帰らなくてもいいのか?」

「帰らないよ。時間が許す限り、君の捜査につき合うつもりだ」

「だけど、また襲われるかもしれないんだ。好奇心を満たすためだけに、命を危険にさらすのは馬鹿げてる」

ロブはユウトの手にそっと触れ、車のキーを優しく奪い取った。

「確かに俺はこの事件に対して、犯罪学者として強い興味を持っている。でもDCに留まる理由はそれだけじゃない。今帰ったところで君のことが気になって、きっと何も手につかない。

離れてあれこれ心配するより、危険でも君のそばにいて協力したいんだ。……ほら、乗って」

ユウトはロブの気持ちに感謝しながら、助手席に乗り込んだ。ロブがゆっくりと車をスタートさせる。ＦＢＩ本部を出てペンシルバニア通りを走りだすと、ユウトは尾行がないかをサイドミラーで何度も確認した。

神経質に周囲へ視線を配っていると、ロブが口を開いた。

「ユウト。これは俺の勘だけど、連中がすぐにまた仕掛けてくることはないんじゃないかな」

「どうしてそう思う?」

「あいつらはうかつにイーガンの名前を出してしまったことで、逆に自分たちの首を絞めた事実に気づいているはずだ。今後は慎重にならざるを得ないだろうし、今朝みたいな露骨な方法で襲ってくる可能性はかなり低いと思う。もちろん安心はできないけどね」

ユウトはそこまで楽観的には考えられなかった。自分が襲われるのは仕方がない。危険な仕事だという自覚もあるし、それなりの覚悟もできている。しかしロブは一般人だ。自分と関わったせいで怪我をしたり、ましてや生命を脅かされるようなことがあってはならない。

「ロブ。拳銃を購入するなら、ヴァージニア州に入ろう」

車で十分も走ればポトマック川を越えられる。そこから先はヴァージニア州だ。ＤＣでは銃の購入が禁止されているが、銃規制のゆるいヴァージニア州なら客の背景チェックを必要としない店もあるので、その場で銃を入手できる。

「いや、拳銃はいらない。ハイデンを納得させるためにあんなことを言ったけど、俺は銃が嫌いなんだ。自衛のためでも持つ気はない」

ロブは珍しく厳しい表情で言いきったが、ユウトの物言いたげな視線に気づき、すぐ口元をやわらげた。

「弟が銃の暴発で死んでいるんだ。父の机の引き出しにあった拳銃を持ちだして、オモチャにして遊んでいた。あの子はまだ五歳だった。その時、俺は十二歳だったけど、銃は一生所持しないという誓いを立てた。非常時に個人的感情を優先させて悪いね」

ユウトは「いいんだ」と首を振った。望まないのなら、ロブが銃を持つ必要はない。ロブの安全を確保するのはユウトの役目だ。

「そういや、烏座《からす》の話。ハイデンはあんまり反応を見せなかったね。すごい大発見なのに」

ロブが不満をにじませる声で言った。

「彼の性格からして、ああいうのは理解できないんだろう。自分の名前にこじつけて現場を選ぶなどナンセンスだって、ものすごく嫌そうな顔をしていたじゃないか」

ロブはアヒルのくちばしのように唇を歪《ゆが》めた。

「捜査に好き嫌いを持ち込まないで欲しいな」

コルブスがこれまで起こしてきた連続爆破事件の被害現場に共通点はなく、ＦＢＩでは場所は無差別に選定されているという見方を強めていた。しかしコルブスが次に狙《ねら》う場所を『a』

と漏らしたことから、ユウトは被害現場を点にして全体を眺めた時、それが烏座の形になる事実を発見したのだ。

そして『α』の位置から、次の爆破目標はＮＹのどこかではないかと推定した。ハイデンはユウトの発見を上に報告するとしながらも、時期と範囲が絞り切れていないことから、警備で犯罪を未然に防ぐのは不可能に近いだろうと述べた。

「……ロブ。コルブスのやってることはテロなのか？」

ユウトが呟くと、ロブも同じ疑問を持っていたらしく、「判断に苦しむね」と頷いた。

「一般的にテロは暴力的行為で恐怖状態をつくり、自分たちの政治目的を強制的に遂行させる手段ってことになるけど、実際のところテロの定義は難しい。ある国にとってはテロでも、別の国から見ると正義の戦いになる時もあるしね。この事件の場合は、コルブスの率いるホワイトヘブンが思想集団を主張している限り、一応テロと見なすのが妥当かな」

「でもコルブスは目的を明らかにしていない。個人的動機の犯罪という可能性もある」

「だとしても、ＦＢＩはテロという前提で捜査をしている。結局、テロかどうかを決めるのは、第三者の解釈ってことだよ。……君が気にしているのはコルブスの動機？」

考え込んでいるユウトを見て、ロブが指摘してきた。その通りだった。

「ああ。なんだか違和感が拭《ぬぐ》えないんだ。彼はなぜ自分の名前を刻むように、爆破事件を起こしているんだろう。ただの自己顕示欲なのかな」

「確かにその側面はあるだろうが、コルブスの目的も動機も逮捕できるまでは誰にもわからない。でもこれほどの大がかりな犯罪だ。単なる愉快犯では済まされないだろう」

コルブスの動機が判明したところで、事件が解決できるわけではない。わかっているが、ユウトの中でコルブスの真意を知りたがる欲求は募る一方だった。

車は九十五号線に入った。フィラデルフィアまでは約百三十マイル。順調に行けば日が暮れるまでには到着するだろう。

カーラジオから流れてくる曲に合わせて、ロブが鼻歌を歌い始めた。尾行されている気配もないので、尖っていた神経が徐々に安まっていく。流れる景色を眺めながら、ユウトは無意味に緊張を保つのはよくないことだと自分を戒めた。場面によって意識的に気持ちを上手《うま》く切り替えなければ、いたずらに精神が消耗していくだけだ。人間の集中力は長時間続くものではない。差し迫った危機がない今は、できるだけ肩の力を抜いていよう。

ユウトは助手席のシートに頭を預けると、深呼吸するような重い吐息をこぼした。ロブの運転はとても丁寧だが、それでいて自己中心的ではない。自分が決めたスピードを保ちながらも遅い車が前にいれば無理なく追い越し、後ろから飛ばしてきた車には自然に車線を変更して進路を譲る。車間距離を空けすぎることも詰めすぎることもなく安定した運転を続けるのは、簡単なようでいて意外と難しいものだ。運転に人間性が表れるというのは本当だと思う。

快適なドライブを続けながら、ユウトは頭の片隅で、人生も自分でコントロールできるものであればいいのに、と考えた。行き先もスピードも休憩地点も同乗者も、すべて自分で決めることができる。そんな夢みたいな話が可能なら、生きていくことはどれだけ楽だろうか。

楽に生きたいなど、今まで考えたことはなかった。弱気になっているのは、自分の置かれた状態に強いストレスを感じているからだろう。

今のユウトの人生は、先の見えないジェットコースターそのものだ。行き着く先もわからないまま、景色を楽しむ余裕もなく猛スピードで走り続けている。けれど、それは自分で望んだことなのだ。シェルガー刑務所を出た時、ジェットコースターから降りることもできたのに、ユウトはあえてそうしなかった。

短期間の間にユウトの立場は大きく変化した。麻薬捜査官、殺人犯、囚人、ＦＢＩ特別捜査官。俳優が出る映画によって、役回りを変えるのとはわけが違う。めまぐるしく変化する立場や生活環境に、心が追いついていないと感じる瞬間は何度もあった。

刑務所から逃亡したコルブスを追って、ディックは外の世界に飛びだしていった。ディックとの再会を夢見て、ユウトはＦＢＩに入りコルブスを捜し始めた。

研修を終えて捜査官になったユウトは、コルブスがなりすましていたネイサン・クラークについて調査するため、ＬＡへと向かった。そこで過去に何度もＦＢＩに協力したことのある、ロブ・コナーズと出会ったのだ。ロブはまだ若いが豊富な知識と鋭い洞察力を持つ、優れた犯罪学者だった。

ネイサンの過去を知るロブと知り合ったお陰で、ユウトは大きな収穫を得た。ホワイトヘブンの資金源がドラッグであること。そしてメンバーの多くがMSCの訓練生であったこと。他にも捜査を進めていくうち、コルブスはシェルガー刑務所を運営しているアメリカ最大の矯正企業スミス・バックス・カンパニーと、何かしらの深い繋がりがあることもわかってきた。

ユウトとロブは急遽《きゅうきょ》DCに飛び、学者とその助手という立場でスミス・バックス・カンパニーの社長のイーガンにインタビューを行った。インタビューそのものは平穏に終わった。しかしその直後、ユウトはイーガンの宿泊するホテルで、思いがけずディックと再会した。

ディックはイーガンの姪であるジェシカと一緒だった。ディックは鮮やかな金髪を、濃い茶色に染めていた。名前もスティーブ・ミュラーと変えて、コルブスを捜すためにイーガンの周辺を探っていたのだ。ジェシカの手前、一度は他人のふりをして別れたが、どうしても我慢できなくなったユウトは、思い余ってまたディックを訪ねた。

再会は果たせたが、今のふたりは別々の目的でコルブスを追っている。逮捕を第一にかかげるFBIと、暗殺を目論《もくろ》むCIA。ユウトが捜査官としての義務を果たすことは、ディックの復讐《ふくしゅう》を邪魔することに他ならなかった。刑務所で惹かれ合った時とは状況が違っていたのだ。

けれどいくら敵対する立場であっても、互いを愛おしく思う気持ちは抑えようもなく、ふたりは今だけと割りきって、湧き上がる愛情と欲望のままに互いを求め合った。再会の喜びと苦しみを分かちながら、ひとときの時間、激しく、そしてそれ以上に甘く身体を重ねたのだ。

ディックと別れた後、ユウトは一晩中考え抜いて、自分の進むべき道を決めた。ディックの命懸けの悲願を阻止することになっても、コルブスは必ず自分が逮捕してみせる。捜査官としての責任感とプライドもあったが、それ以上にディックの手をコルブスの血で染めさせたくないという想いが強かった。

だがそれは、ディックに会いたい一心でがむしゃらに進んできたユウトにとって、強い苦痛を伴う選択だった。ディックの気持ちを一番わかっていたはずの自分が、彼の邪魔をする存在になるのだ。

この手でコルブスを逮捕してみせると告げたユウトに、ディックは理解を示してくれた。いや、理解というのは都合のいい言葉かもしれない。ディックは単にFBI捜査官として任務を遂行するのは、お前の勝手だと言ったに過ぎないのだ。それはつまり、お前が自分の仕事を成すように、俺も自分のするべきことを成す。だからここから先は、互いの行動にいっさいの干渉はしないでおこうという、明快な意思表示に他ならなかった。

——お前はお前の信じる道を進んでいけばいい。

感情の見えない青い瞳。淡々とした声。いっさいの感情を胸の奥深くに押し込めたディックは、見知らぬ他人のようだった。

自分の選択を後悔していないが、ディックのことを想うとやるせなさに胸が軋《きし》む。ユウトの身体はまだ昨夜のディックの温もりを覚えている。重ねられた唇の感触も、抱き締める腕の力強さも、切なげに細められた熱い眼差《まなざ》しも……。

「――ユウト。ディックの言ったことだけど。本当の敵はホワイトハウスにいるって彼は言ったよね。あの言葉をどう思う?」

ロブの口からいきなりディックの名前が上がり、内心を読まれたようでドキッとした。ユウトは感情を出さないよう、あえて抑揚のない声で返事をした。

「わからない。でもコルブスやイーガンの背後に、政府関係者がいるって意味なら頷ける」

冷戦終了後、軍事費が削減の一途を辿《たど》ったため、軍需企業は刑務所運営などの矯正産業に進出しているという。ジェネラル・マーズにとってのスミス・バックス・カンパニーが、まさしくそれに当たるのだ。

スミス・バックス・カンパニーもその親会社のジェネラル・マーズも、得意先が国家である以上、政府とは当然密接な関係にある。特に軍需企業であるジェネラル・マーズは、たくさんの政治家たちと太いパイプで繋がっているはずだ。

「ハイデンに言わなかったのは、彼が及び腰になるかもしれないから?」

鋭い言葉がさらりと落ちる。ロブにはハイデンの人間性もユウトの思考もお見通しらしい。

「ああ。ハイデンは出世欲の強いタイプだから、経歴に傷がつくような事態は避けたがるだろう。事件の背後に政府関係者がいると知れば、今より慎重になって思うように動けなくなる可能性がある」

いんだけど」

「で、今のうちに少しでも情報を集めておこうってわけか。メイアーからいい話が聞けるとい

「無駄足に終わっても、何もしないでジッとしているよりはマシさ」

ロブがチラッとユウトを見た。意味深な目つきが気になり、ユウトは「何?」と尋ねた。

「あんまり無理するなよ」

「どういう意味?」

「昨日の夜、君はひどく傷ついて死人みたいな顔で帰ってきた。その上、今朝は正体のわからない連中に殺されかけた。なのに、まったくいつも通りに振る舞っている」

ユウトは小さく首を振り、「無理はしてないよ」と答えた。

「単に俺は臆病なんだ。走っていられる間は、気持ちが挫《くじ》けないと思ってる」

ロブには見栄を張らず、素直な気持ちを吐きだせる。昨夜ロブは、ディックと別れてホテルに戻ってきた傷心のユウトを、温かく迎え入れてくれた。けれど優しく気づかうだけではなく、捜査官として今後どうするべきなのかしっかり考えたほうがいいと、耳に痛いアドバイスも与えてくれた。

ロブはユウトに特別な感情を持っていると言いながらも、友人としての意見をはっきり言ってくれる。相手に嫌われるかも、という計算や打算がないのだ。出会って間もない相手だが、ロブの性格や人間性を知るにつれ、信頼感は強まるばかりだった。

「頑張るのはいいことだけど、あんまり自分を追い込むなよ」

「ああ、わかってる。でも動いていないと潰《つぶ》されそうな気がするんだ」

何に、とまでは言葉にできなかった。ユウトの心を圧迫するものならいくらでもある。決裂したディックとの関係。コルブス逮捕のプレッシャー。忍び寄る不気味な権力の影。それらが複雑に絡み合って、とぐろを巻くヘビのように、ユウトの疲れた精神を締め上げてくるのだ。

「何かを追うことで、心のバランスを保っている感じがする。これって逃避になるのかな?」

「そうだな。心理学的に言えば抑圧、代償、逃避に近いかも。でも気にすることはない。人は誰だって不安や不快な感情から自分を守りたいと思い、無意識のうちに現実から目をそらすことで、一時的な心の安定を図る生き物だからね」

目をそらしたい現実——。ユウトの頭に真っ先に浮かんだのは、ディックのことだった。ディックを追って同じ方向に進んできたはずなのに、二本の線はひとつに重なることはなかった。一瞬、交わりはしたが、昨夜を境にしてまた離れてしまったのだ。これからは先に進むほど、ふたりの歩く道は離れていくのだろう。

「自分の精神状態を冷静に分析できているうちは安心だ。でも無理しすぎるのは禁物だよ。限界ってやつは、遠くに見えているゴールとは違う。突然、目の前に現れるんだ。切り立った断《だん》崖《がい》みたいにね。そうすると急に逃げ場がなくなる。もう駄目だと思った時には、手遅れになることもあるんだから」

心理学にも精通しているロブの言葉だけに、ずっしりとした重みがあった。

「悩みやストレスがあれば、なんでも俺に話してくれ。今の君は自分で思っているより、ずっと多くいろんなものを抱え込んでいる。時々、吐きださないと身がもたないよ」

「ありがとう、ロブ」

いたわりに満ちた言葉に、心から感謝して礼を述べる。ロブがさらに言葉を続けた。

「欲求不満の時も俺に言ってくれ。ベッドで君を喜ばせる準備は、いつだってできてるから。なんなら、車の中でも構わないけどね」

このハンサムな犯罪学者は、時々顔に似合わない下品な言葉を平気で口にする。

「……君っていつも、ひと言多いな」

ユウトは頬杖《ほおづえ》をつき、ロブのやに下がった顔を横目で冷たくにらみつけた。

2

日が傾きかけた頃、ようやくフィラデルフィアに到着した。車は高速を降りて、街の中心部であるセンター・シティーを北上していく。

ペンシルバニア州最大の都市フィラデルフィアは、独立宣言と合衆国憲法が生まれた土地として有名で、かつてアメリカの首都だったこともある街だ。造船業や鉄鋼業の衰退から失業者が激増し、一時期は街全体がひどく荒れ果てたと聞いている。そのせいで廃《すた》れたイメージが強かったが、歴史を感じさせる古い建物と近代建築物の入り交じった街並みを眺めていると、それほどひどい印象は受けなかった。

ユウトがこのあたりの治安について尋ねると、ロブは場所によると答え、「どこの街にでも言えることだけどね」とつけ足した。確かにNYでもLAでも、都市の中心部と郊外を一緒くたにして語ることはできない。

ダグ・メイアーの自宅は三階建てアパートメントの一階にあり、在宅を示すように窓からは明かりが漏れていた。

呼び鈴を押すとメイアーは呑気《のんき》な様子で顔を出した。顎《あご》に無精髭《ぶしょうひげ》をたくわえた大柄な男で、癖のある金髪を後ろで乱雑に束ねている。派手なロゴの入った半袖《はんそで》のＴシャツを着ていたが、袖から覗く太い二の腕には髑髏《どくろ》のタトゥーが刻まれ、パッと見はジャーナリストというより、ハーレーを乗り回す暴走族のようだった。

メイアーはやって来たのがＦＢＩであることを知ると、表情を一変させた。

「この前も別の捜査官が来たぞ。ＭＳＣにいたってだけで犯罪者扱いかよ」

「そうじゃありません。参考までにお話を伺いたいだけです。入ってもよろしいですか？」

メイアーは渋々といった表情で、ユウトとロブを招き入れた。彼が右足を引き摺《ず》るようにして歩いているのを見て、ユウトはかすかな違和感を覚えた。

「今、ピザが届いたばかりなんだ。冷めないうちに食わせてもらうよ」

ふたりが向かいの椅子に座っても、メイアーはまったく気にせず、特大のペパロニピザにかぶりついた。ユウトはロブとこっそり目配せをし合い、内心で苦笑した。

「夕食時にお邪魔して申し訳ありません」

ユウトが儀礼的な微笑みを浮かべて謝罪すると、メイアーは「まったくだ」と頷いた。

「ＦＢＩはどうしていつもいきなり来るんだ。こっちの都合はお構いなしか？　前もって相手の都合を聞いたって、罰は当たらないだろうに」

「前もって伺うとお伝えした時ほど、会えないことが多いものでして」

ユウトの皮肉な言葉を聞いて、メイアーは「そりゃそうだな」とニッと笑った。

「俺だって今日あんたらが来ることを知っていたら、家にいなかった。……あんたらが知りたいのはネイサン・クラークについてだろう？　悪いけど、たいして話せることもない。なんせMSCで一緒になったのは、もう四年も前の話だからな。無口な変人ってイメージしか残ってない。まあ、アメリカ人であんなキャンプに志願して入る奴は、軍オタが高じた頭のいかれたのか、過激な右よりの連中くらいなもんだけどさ」

指についたチーズを舐《な》めながらメイアーが悪びれず断言する。ユウトは即座に質問した。

「では、メイアーさん。あなたはなぜMSCに入られたんですか？　職業はジャーナリストですよね。やはり仕事のためでしょうか？」

「まあな。でも俺はジャーナリストと言っても、記事は書かないデータマンでね。ランディ・オッズっていうアンカーマンと、ずっと組んで仕事をしていたんだ」

データマンは直接取材してデータを収集するのが役目で、それらの材料を記事に書き起こすのがアンカーマンだ。基本的にデータマンの名前は表舞台には出てこない。

「オッズって『アメリカ帝国への警鐘』を書いた、あのランディ・オッズ？」

ロブが驚いた顔で口を挟んだ。メイアーはおやっという顔つきでロブを見た。

「あんた、ランディの本を読んだのかい？」

「彼の書いたものはすべて目を通してるよ。アメリカが他国に与える軍事的圧力や政治工作に関する記事は、どれも興味深かった。何より情報収集能力の高さに驚かされたものだ」

「嬉しいことを言ってくれるね。奴の書いた記事の大半は、俺の取材がもとになってるんだ」

メイアーは満更でもなさそうに微笑み、「あれがランディだ」と壁に貼《は》られた写真を指さした。写真の中にはメイアーとオッズが並んで写っていた。背景を見ると、どこか南米あたりの街角で撮ったものだということが推測できる。

「ランディはアメリカの中南米コントロールを糾弾する本を書こうとしていたんだ。それで俺は奴に依頼され、MSCに入り込んだ。あの訓練キャンプには昔から中南米の警察官や兵士が、大量に送り込まれている。奴らは対ゲリラ作戦や諜報《ちょうほう》活動や拷問のやり方なんかを教わって祖国に帰り、クーデターや虐殺を行っているんだ。ランディはキャンプ内での実際の様子を知りたがっていた」

アメリカ人の訓練生は中南米から来た人間たちとは分けられ、寮も訓練メニューも完全に別だったらしい。そのためメイアーは長居は無用と判断して、二週間ほどで自主退学したそうだ。

「ネイサンと親しくしていた訓練生はいませんでしたか?」

「社交的な男じゃなかったから、特に誰かと仲良くしていたようには見えなかったな」

ユウトは当時のことで覚えていることがあれば、なんでもいいから聞かせてくれと食い下がった。ネイサンとコルブスの最初の接点はMSCだ。コルブスがMSCに身を置いていたのは間違いない。メイアーはそうと知らず、コルブスを見ている可能性は高い。

メイアーは「そう言われてもな」と困り顔だったが、何か思いだしたのか椅子から立ち上がると、本棚から厚みのあるファイルを取りだして戻ってきた。

「ランディに渡した資料のコピーだ。写真も少しだけある。写真機材の持ち込みは禁止だったが、こっそりライター型カメラを持ち込んで何枚か撮影したんだ」

訓練内容や内部の様子を詳細に記した書類の間に、数枚の写真が収まっていた。画素数が低いせいか、どれもあまりピントは合っていなかったが、顔くらいは判別できる。迷彩服に身を包んだ訓練生の中に、確かにネイサンも写っていた。

「……ネイサンの隣にいる、この男は？」

若い白人の男を指さして尋ねた。背丈はネイサンと同じくらいで、穏やかな表情をしている。知らないはずの相手なのに、見覚えがあるような引っかかりを覚えたのだ。

「ん？　ああ、そいつは訓練生じゃなくて教官だ。名前は……なんだったかな」

メイアーは資料をパラパラとめくって目当てのページを見つけると、そこに記された男の名前を口にした。

「フリッツ・ボナハムだ。人当たりのいい男で、訓練生からは人気があった。話が上手いから、こいつの講義はみんな真剣に聞き入っていた。どっちかって言うと軍人より教師に向いてるタイプだったな。……そういやボナハムは、お気に入りの訓練生だけを自分の部屋に招いて、特別講義みたいなものをやってたっけ」

ネイサンもそのひとりだったらしい。改めてボナハムの顔を見ていると、不意に強い疑念が湧いてきた。試しに顔の部分を指で隠し、彼の体つきだけを検分してみた。筋肉質ではないが、しっかりとした骨格をしている。ややなで肩のライン。長い腕。

写真を凝視したまま微動だにしないユウトに、ロブが訝《いぶか》しそうな目を向ける。

「ユウト？　どうしたんだい」

「──ロブ。彼だ」

「え？」

「このボナハムって男がコルブスだ」

「なんだって？　それは本当なのか？」

名前も顔も違うが、ユウトは自分の直感を信じた。勘に頼るのは危険だとわかっているが、これはネイサンに似せて整形する前のコルブスだと、ユウトの本能が強く告げている。

「コルブスって誰だい？」

事情を知らないメイアーが、興味津々《しんしん》の目つきで尋ねてくる。

「ある事件の容疑者なんですが、素性がまったくわからないので捜査が難航しているんです。恐らくこのボナハムがその容疑者です。彼について何か知っていませんか？」

「そうだな。南米でゲリラと戦ったことがあるとか言っていた。はっきりと国名は言わなかったが、奴の口ぶりから俺はコロンビアだろうって予想をつけたけどな」

コルブスの経歴が少しずつ明らかになってくる。本名はフリッツ・ボナハム。一時期、コロンビアに住んでゲリラと戦っていた。それだけでは居場所を突き止められないが、まったく白紙だったコルブスの過去を暴く、貴重な一歩だった。

「ということは、ボナハムはアメリカ軍人だったんでしょうか？」

「その可能性は高いが、コロンビアでゲリラと戦っているのはアメリカ軍だけじゃない。コロンビア政府軍もいれば、右派民兵組織もいる。金で雇われた傭兵《ようへい》もいるぞ。あの国が恐ろしく不安定なのは知ってるだろう？」

コロンビアはコカインの一大生産地だ。アメリカに持ち込まれるコカインの量も計り知れない。そのためユウトもＤＥＡ（司法省麻薬取締局）時代に現地の麻薬カルテルの動向などを知るため、コロンビアの世情についてはある程度勉強していた。

「左派の反政府勢力のコロンビア革命軍、右派民兵のコロンビア自警軍連、政府軍、これらの組織が国内で戦っているんですよね」

「そうだ。そこにアメリカ政府も加わって、後ろから糸を引いている。アメリカはこの数年だけで、コロンビアに四十億ドルもの軍事支援を行っているんだ。表向きの理由は麻薬とテロの撲滅ってことになっているが、まったくもっていい加減な大嘘《うそ》の看板だよ」

政治の裏に繋がる話になると、ユウトにはお手上げだった。救いを求めて隣を見ると、ロブはメイアーの言葉に同意するように頷き、大嘘の看板について補足を始めた。

「南米ではアメリカと距離を置く左派政権が増えている。アメリカはコロンビアだけでも押さえておきたくて必死なのさ。特にコロンビアは石油資源が豊富だ。麻薬戦争だのテロ撲滅だの謳《うた》っているけど、アメリカが躍起になってコロンビアの内政に干渉する最大の目的は石油だ。左翼ゲリラは油田開発を邪魔し、時にはアメリカ企業のつくったパイプラインを破壊する。だから麻薬密売やテロを行う非道なゲリラたちを一掃するという目的で、アメリカはコロンビアに軍事基地をつくったり、政府軍に大量の武器を与えたり、兵士の訓練まで行っている」

「でもゲリラたちが麻薬を資金源にしたり、誘拐やテロを行っているのは確かだろう？　アメリカの支援はコロンビア国民にとっても歓迎すべきことなんじゃないのか」

コロンビア国内で左翼ゲリラが展開する誘拐事件は、年間で数千件を超えると聞く。それに数多くの爆破事件や殺人事件も巻き起こしているのだ。野放しにできるものではない。

「ゲリラも厄介な存在ではあるが、政府軍と親密な関係にある右派民兵のほうが、実際はもっとひどい。彼らは準軍組織とも呼ばれていて、政府軍が嫌がる汚い仕事を請け負っているんだ。アメリカ政府は彼らがアメリカ国内に大量のコカインを輸出している事実を知りながら、ずっと援助を行っているんだ。麻薬撲滅戦争だの言うなら、まずは右派民兵から排除しなきゃいけないのに、そっちの悪事には眼をつぶってる。アメリカ政府のかかげる看板が、いかに嘘くさいかよくわかるだろう？」

メイアーは感心したようにロブを眺め、「あんた、ＦＢＩにしちゃ上出来だな」と呟いた。

「まあ、今のアメリカは軍事独裁国家への道を猛進してるってこった。アフガニスタン侵略からイラク戦争まで、反テロ戦争というきれいごとで覆い隠しちゃいるが、すべて石油資源の奪い合いの結果だ。石油を支配するものが世界を支配するって言うだろう？ その延長線上にコロンビアも含まれている。実際、今のMSCに一番多く来ているのがコロンビア人だ」

メイアーはさらに言葉を続け、MSCに中南米の人間を招くことで、アメリカは祖国に戻った彼らと同志的な繋がりができ、その結果、軍事支援などを理由に軍隊を派遣したり駐屯させることが可能になるのだと説明した。

「中南米諸国はMSCの卒業生たちによって、ズタズタに切り裂かれてきた。大量虐殺、クーデター、暗殺。まったくひどいもんさ。ランディはテロ撲滅を叫ぶアメリカが裏庭でテロリストたちを育て、正義の名のもとに他国を侵略している現状を糾弾する本を書こうとしていた。それらに関わった政治家や軍人、企業の実名も含めてな」

メイアーは重苦しい表情を浮かべたかと思うと、それきり口をつぐんでしまった。

「オッズ氏はなぜ本を書かなかったんですか？」

黙ったままでメイアーは首を振った。理由はロブが答えてくれた。

「彼は亡くなったんだ。確か心臓発作でしたよね？」

メイアーが「一応な」と意味不明な呟きを漏らしたので、ロブが眉《まゆ》をひそめた。

「一応ってどういう意味ですか？」

「俺はランディは誰かに殺されたんだと思ってる。どういう手を使ったのか知らねぇが、心臓発作に見せかけてな」

突飛な発言に驚いたユウトが、何か証拠でもあるのかと聞くと、メイアーは憤りを感じさせる強い口調で「証拠はねぇよ」と吐き捨てた。

「でも、俺はそう信じてんだ。あいつはまだ四十になったばかりの健康な男で、煙草も酒もやらなかった。俺と違って適度な運動もしてたし、健康診断だってマメに受けてた。心臓発作を起こす要素なんて、ひとつもなかったんだ」

それだけでオッズが殺されたと訴えられても、頷くことはできない。微妙な空気が流れていることに気づき、メイアーはさらに言い募った。

「それだけじゃない。ランディは本を書くなって何者かに脅されていたんだ。嫌がらせの類《たぐい》は昔からちょいちょいあったせいで、あいつはただの悪戯《いたずら》だって本気にせず笑っていたけどな」

ユウトとロブは顔を見合わせた。にわかには信じられない話だが、オッズが脅迫を受けていたのが事実なら、頭から被害妄想だと一蹴《いっしゅう》するのは可哀相かもしれない。

「オッズ氏の原稿はどれくらい完成していたんでしょう」

「下書きはすべて書き終わっていたが、あいつは文章にこだわる性格だったから、出版エージェントの手に渡るのはまだまだ先の状態だった。ちなみにランディが死んだ後、パソコンの中やフロッピーディスクやＣＤ類をさらってみたが、書きかけの原稿は出てこなかった」

「誰かが持ち去ったということですか？」

それ以外に考えられないだろうと言うように、メイアーはむっつりと頷いた。

「しかし資料などは、あなたの手元にも残っているんですよね。オッズ氏の無念を晴らすためにも代わりに原稿を書いて、共同名義で出版しようとは思われなかったんですか?」

メイアーはロブの質問に、疲れた表情で首を振った。

「俺は文章はからきしだ。とてもじゃないが、お堅い論理的な記事なんて書けやしねぇ。それに何より自分の身が可愛い。ランディには悪いが、まだ死にたくねぇんだよ」

オッズが殺されたと思い込んでいるメイアーにすれば、当然の判断だろう。卑怯《ひきょう》だとか勇気がないという理由で、彼を責めることなど誰にもできはしない。

「メイアーさん。私たちはあなたがMSCで会った、ボナハムという男を捜しています。彼の背後には何かしらの政治的権力が潜んでいる。もしかするとオッズ氏が殺されたことと、関係があるのかもしれません」

誘いをかけてみたが、メイアーは気難しい顔をしたまま何も答えなかった。ユウトはこれ以上質問しても得るものはないと判断し、感謝の言葉を口にして腰を上げた。

玄関のドアを開けようとした時、メイアーが「ちょっと待て」とユウトを呼び止めた。メイアーはさっきの資料ファイルと、さらに別のファイルをユウトに押しつけた。

「持ってけよ。俺にはもう必要のないものだ」

「いいんですか?」

「ああ。捜査に役立ててくれ。それとそっちのファイルはランディが書いた原稿の下書きだ。死ぬ少し前に、目を通してくれって渡されていたんだ」

ユウトは礼を言い、それから少し迷ったが、その足はどうしたのだと尋ねた。いつ怪我をしたのかずっと気になっていたのだ。昔からの障害ならMSCには入れなかったはずだ。

メイアーは無造作にズボンをたくし上げた。彼の右足は偽足だった。

「深夜、ひとりで通りを歩いていたら、車が後ろから突っ込んできてな。悪質な轢《ひ》き逃げだった。犯人は今も見つからずじまいだ」

「それはいつのことですか？　最近の事故でしょうか」

メイアーは一瞬の沈黙の後、いっさいの感情を消したような顔で答えた。

「ランディが死んだ三日後のことだ」

ユウトはハイデンに電話をかけ、メイアーから聞いた話をかいつまんで説明し、急いでフリッツ・ボナハムという男の身元を割りだして欲しいと頼んだ。コルブスである可能性が高いことを知ると、ハイデンはフィラデルフィア行きを渋った事実などすっかり忘れたように、上機嫌で電話を切った。

帰りはユウトが運転することになったが、ロブは助手席に座るやいなや車内灯をつけて、メイアーから渡されたオッズの原稿に目を通し始めた。気分が悪くなるから車を降りてからにすれば、と声をかけたが、ロブは平気だと答え、黙々とページをめくり続けた。

車はフィラデルフィア市街を抜け、高速道路に入った。ユウトはずっとメイアーのことを考えていた。オッズが本当に殺されたのだとしたら、メイアーも同じ相手に轢き逃げされた可能性は高い。けれど彼は生きている。轢き逃げは警告だったのだろうか。

「しまった！」

小一時間ほど走った頃、いきなりロブが叫んだ。ユウトは何事かと驚いた。

「ユウト、夕食がまだだった。腹ぺこで死にそうだよ」

「……なんだ、そんなことか。大声出すからびっくりしたよ」

「そんなことじゃないよ。俺にとって日々の食事は極めて重要な問題だ。次で高速を降りてくれ。とにかく最初に目に入った店に飛び込もう。頼む」

今にも死にそうな顔で懇願され、ユウトは笑いながら了承した。

「オッズの原稿、どうだった。何か捜査に役立つヒントはあったのか」

「ああ。大きな収穫があった。でも今は考えを整理中だから、食べ終わるまで待ってくれないか。空腹の時は思考が散漫になって、論理的に説明できそうにないんだ」

ユウトは「いくらでも待つよ」と答えた。複雑に入り組んだこの事件を解明するためには、ロブの知識と推察力が不可欠だ。ユウトだけでは散らばった点を探すことはできても、それらを繋げて全体像を描くことは難しい。

高速を降りてすぐ、モーテルに併設されたレストランを見つけた。そこで遅い夕食を済ませた後、ロブが今夜は隣のモーテルに泊まらないかと言いだした。窓からモーテルの看板を見ると、「VACANCY」（空室）のサインが点灯している。

今からDCに帰っても夜中だ。新しいホテルを探す手間を考えれば、今夜はここに泊まったほうがいいだろうと思い、ユウトはロブの提案に同意した。モーテルのオフィスに向かうと、運良くツインがひと部屋だけ空いていた。

交代でシャワーを使った後、ロブがベッドに座ってファイルを広げたので、ユウトも自分のベッドに腰を下ろした。

「俺は君と関わってから自分なりに想像を働かせ、ずっとこの事件について考えてきた。その想像が当たっているのかどうか、確信はまったく持てずにいたけど、オッズの原稿を読んでみて、自分の推測が大きく間違っていなかったことを実感できた」

ユウトはロブの真剣な表情を黙って見つめ返した。余計な口を挟んで邪魔をしたくない。

「細かいことを話しだすときりがないから、結論から言うよ。いいかい？」

「ああ。そうしてくれ」

「まず第一のポイントになるのは、ディックの言ったホワイトハウスにいる敵だ。その敵は、恐らくビル・マニングだと思う」

「ビル・マニング……？」

　ユウトは半信半疑で呟いた。ふたりの間で、これまで何度も話題に上った名前だ。

「マニングはジェネラル・マーズの社長、ピーター・ワッデルの娘と結婚している。マニング家の家業は石油関係だ。濃い関係にある軍需企業から妻をめとった事実だけを見ても、彼が野心的な政治家であることは明白だろう」

「それはそうだけど」

「納得できないって顔だね」

「相手は現役の大統領補佐官で、しかも次の副大統領候補という大物だ。コルブスを操ってテロを起こすという行動は、あまりにも無謀すぎないだろうか。世間にばれれば身の破滅だぞ」

「そう、ばれればね。だけどコルブスとマニングの関係については、まだ誰も知らない。コルブス自体が謎だらけの存在だから、どれだけ彼を追っても、マニングのいる場所にまでは辿り着けないんだ。俺も今はまだバラバラのピースを眺めて、推理を組み立てているに過ぎない。でもホワイトハウスにいる化け物が彼だとすれば、一気に巨大な絵が完成してしまうんだ」

　ロブは熱い目をしながらも、淡々とした口調で言葉を続けていく。

「マニング家は石油関係の家業で成功を収めた一族で、これまでも何人もの人間を政界に送り込んでいる。自分たちの会社の立ち位置を盤石《ばんじゃく》にするために、政治さえもコントロールしようという思惑が透けて見える。一族の中でもビル・マニングは特に野心家で、上院議員を経て、今は経済分野を担当する大統領補佐官としてホワイトハウスで活躍している。彼は大統領にも信頼され、政策を左右するほどの力を持ち、軍事強化を推進するネオコンの政治家たちにも、絶大な影響力を持っているそうだ」

オッズの原稿をめくりながら、ロブは話を続けた。

「この原稿には公になると、マニングにとって困ることがたくさん書いてある。もちろんこの手のものは報道と違って暴露本に近いから、本になったからといって必ずしも政治生命の危機に直結するわけじゃない。でもイメージダウンは免れないだろうね。少し抜きだしてみるよ」

ロブが原稿を持ち上げ、そこに書かれた内容を読み上げていく。

「ビル・マニングほど、コロンビアと深い関わりを持つ政治家はいないだろう。彼は上院議員になる以前は石油会社の重役として、何度もコロンビアを訪問している。現在も政府のコロンビア支援策を熱心に支持しているが、コロンビアではある政府高官——麻薬密売組織に深く関与しているという黒い疑惑が囁《ささや》かれる政治家——と一緒にいる現場を何度か目撃されている」

ロブがどうだい、という目つきでユウトに視線を投げた。

「麻薬撲滅をかかげるコロンビア支援を支持する人物としては、その行動に矛盾を感じるな。でも俺が一番気になったのは、コルブスの資金源も麻薬だったという点だ」

ユウトが率直な感想を漏らすと、ロブは満足げに頷いた。

「ああ。またひとつ、コルブスとの共通点が浮上した。他にもまだあるぞ。これは昔、俺がD

Cにいた時の話だけど、スミス・バックス・カンパニーのロビイストが、刑期を長期化する法案を提出した時、その政策をスポンサーした議員の中にマニングの弟の名前があった。今になって考えてみると、マニングが指示した可能性が高い。ジェネラル・マーズ、スミス・バックス・カンパニー、マニング、この三つの存在は利害関係だけではなく、血縁的にも繋がっているんだからね」

アメリカにおける刑務所ビジネス拡大の陰には、企業の便宜を図るため、政治家が刑期を長期化する法案をつくったり、犯罪アレルギーを過度に助長するなどの人為的動きが見られる。スミス・バックス・カンパニーのイーガンはジェネラル・マーズ社長の甥《おい》で、マニングから見れば妻の従兄弟《いとこ》になる相手だ。スミス・バックス・カンパニーの有利になる法案の陰に、マニングの後押しがあったとしても不思議ではない。

「三者の繋がりはよくわかったけど、コルブスはどうなるんだ。彼はスミス・バックス・カンパニーとだけ繋がっているんだろうか？　それともその三者すべてと？」

ユウトが指摘すると、ロブはなぜか不敵に微笑んだ。彼の頭の中では、答えがすでに導きだされているらしい。

「オッズはマニングに相当の興味を持っていたようで、彼についてよく調べてあった。この原稿には、とても興味深いことが書かれていたよ。かつてマニングは、ＭＳＣの運営理事に名前を連ねていたらしい。非公開の情報なのに、よく入手できたものだよ」

「なんだって？」

ユウトは思わず身を乗りだした。コルブスが教官として在籍していたMSCに、マニングまで関与していたとなると、ふたりが既知の関係である可能性は濃厚になる。

「じゃあ、コルブスはMSCでマニングと知り合ったんだろうか」

「違うね。彼はマニングと知り合いだったから、MSCに入れたんだ」

ロブが自信ありげに断言する。

「どうしてそうだってわかる？」

「コロンビアだよ、ユウト」

ニヤッと笑ったロブを見て、ユウトは「あ」と声を漏らした。

「そうか、コロンビアか……っ」

すっかり失念していた。メイアーはコルブスがゲリラと戦った場所は、コロンビアではないかと言っていた。そしてマニングもまた、コロンビアと密接な関係を持っている。これでまたひとつ、両者を結びつける共通点が増えたのだ。

「マニング、ジェネラル・マーズ、スミス・バックス・カンパニー、コルブス。この四つの存在は、一本の線で結ばれている。そう考えて、まず間違いないだろう」

バラバラだったピースがロブの指で集められ、徐々に形を成していく。ユウトは興奮を隠せず、思いつくまま自分の想像を口にした。

「ディックは本当の敵はホワイトハウスにいると言った。つまりマニングが黒幕ってことになる。だとしたら、コルブスが起こした無差別爆破事件も、実はマニングの指示なのかもしれない。国内でテロが起きれば軍事強化が図られ、関連企業は儲《もう》かる。ジェネラル・マーズの利益のために、マニングがコルブスを動かしていたんじゃないだろうか」

「ユウト。結論はまだ出さないでおこう」

先走るユウトに、ロブがやんわりと注意を促した。

「マニングはこの事件に関係している。だけどコルブスとの関係や、彼の真意に関してはまだ謎が多い。頭から決めつけて動くと大事な証拠を見逃す危険性もある。今はまだ四者が結託している事実だけを頭に置いて、捜査していくほうがいいよ」

「そうだな」

ロブの言う通りだった。推測や想像は手がかりになっても、犯罪そのものまでは暴けない。すべての真実は捜査を続けることでしか得られないのだ。

「おい、ユウト。いつまでも寝てると、夕食を食いっぱぐれるぞ」

元気のいい声に眠りを妨げられる。瞼《まぶた》を開けると、ミッキーが上から覗き込んでいた。

「ほら、起きなって。早く食堂に行こうぜ」

ミッキーに腕を摑《つか》んで引き起こされ、ユウトは周囲を見渡した。日が傾き始めたグラウンドには、デニムの囚人服に身を包んだ男たちが大勢いる。ボールを蹴《け》ったり、肌の色に分かれて意味もなくたむろしたり。なんの変哲もない、見慣れたいつもの光景だ。

頭の片隅では夢だと認識しているのに、ユウトは深い落胆を覚えた。絶望と言い換えてもいい。ここはシェルガー刑務所で、そして自分は囚人なのだ。殺人犯としての長い刑期が待っている。悪夢はまだ終わっていなかった。

ユウトは打ちひしがれた気分でミッキーと中央棟に向かった。ぞろぞろと食堂の入り口に吸い込まれていく囚人たち。広いホールを空気のように満たす、途切れることのない低いざわめき。プラスチックの食器が擦れ合う音。食欲を失せさせる体臭と出所のわからない腐臭。吐き気のする懐かしさを味わいつつテーブルにつくと、ネイサンとマシューがやって来た。

「ユウト。具合でも悪いのかい？」

ぼんやりしているユウトに、ネイサンが優しく話しかけてくる。ユウトは「眠いだけだ」と答えた。正体がコルブスだと知っていても、この夢の中で彼はまだ友人のネイサンだった。

「あ、ディックだ」

マシューが入り口に顔を向けて、明るい声をだした。ユウトの胸は高鳴った。ディックに会える――。夢の中のユウトにとって当たり前のことでも、それを遠くから眺めているもうひとつの意識、すなわち本当のユウトにはかけがえのない貴重な瞬間だ。

トレイを手にしたディックが、テーブルに向かって歩いてくる。当たり前だが、金髪のままだ。ディックと目が合った。その途端、無表情な瞳に険しさが加味される。

「お前は誰だ？　なぜ俺たちのテーブルにいる？」

冷たい声がユウトの存在を否定した。ネイサンが取りなすように、柔らかな口調で「どうしたんだい？」とディックをいさめた。

「彼はユウトだよ。君と同室の相手じゃないか」

「俺はこいつなんか知らない。そこをどけ。目障りだ」

本気で他人を見る目つきだった。ユウトはショックを受けながらも、仕方がないのだと思った。ユウトの気持ちの中では、虚構と現実が入り交じっている。自分はディックを裏切った。彼の目的を阻止しようとしている。だからこれは当然の報いだ。

ユウトが椅子から立った時、背後から乱暴に腕を摑まれた。驚いて振り返ると、黒人ギャングのBBが立っていた。

「よお、ユウト。ディックに振られたみてえだな。俺が慰めてやる」

瞬く間にBBの手下たちに身体中を押さえ込まれ、身動きが取れなくなった。ユウトが必死で抵抗する傍らで、ミッキーたちは平然と食事をしている。ネイサンだけが同情的な眼差しでユウトを見ていた。

「可哀相に。でも君が悪いんだ。FBIなんかに入らなければ、こんなことにならなかったんだよ。君は選択を誤った」

　ネイサンの言葉を聞いて、もしかしてそれが自分の本心なのだろうかと思った。ディックの邪魔をしてでもコルブスを逮捕すると決めたことを、本当は後悔しているのではないか。

「楽しもうぜ、ユウト。ギャラリーは多いほうが興奮するだろう？」

　ＢＢがズボンのファスナーを下ろし、近づいてきた。このままだと、またしてもＢＢにレイプされてしまう。夢の中であっても耐えられない。

　救いを求めるようにディックに目を向けたが、視界に映ったのは食事を取ることに没頭している端整な横顔だけだった。自分の存在が抹殺されている。そう実感した。

　――俺とお前は、ここから先は敵同士だ。

　ディックの声が耳に蘇《よみがえ》る。ユウトはたまらなくなってディックの名前を叫んだ。

「ディック！　こっちを向いてくれ……っ」

「呼んだって無駄さ。お前はディックを裏切った。もう二度とお前を助けちゃくれねぇぞ」

　ＢＢが残忍な目つきで笑った。手下たちはユウトの身体を押さえつけ、テーブルの上に上体を倒した。周囲に群れた囚人たちが卑猥《ひわい》な野次を飛ばしてくる中、下着ごとズボンを降ろされる。肌が外気にさらされ、背後からＢＢがのしかかってきた。

「やめろ……っ、よせ、俺に触るな！　嫌だ……っ、あ、うあぁ……っ」

「ユウト、ユウト……っ」

ねじ込まれる激痛に悲鳴を上げた瞬間、強く呼びかける声と身体を揺さぶられる感覚に、悪夢は打ち破られた。

「大丈夫？　目は覚めたかい？」

ユウトは息を乱して、自分に覆い被《かぶ》さっているロブの顔を見つめた。淡いナイトランプの中に浮かび上がるロブの表情は、重病人でも見るかのように心配そうだ。彼の様子から、自分がどれだけ派手にうなされていたのか想像できた。

「……ごめん、ロブ。うるさくて起こしたんだな」

「気にしないで。考え事をしていたから、寝てなかった。水を持ってこようか？」

「いや、いい。俺は大丈夫だから、もう自分のベッドに戻ってくれ」

ロブは首を振ると床に腰を落として、視線の高さをユウトに合わせた。

「嫌でなければ少し話をしよう。そのまま眠ると、また悪夢を見るよ。……聞いてもいい？　どんな夢を見ていたんだい」

ユウトは寝返りを打ち、身体をロブのほうに向けて、「いつものだよ」と答えた。

「刑務所での嫌な思い出？」

「うん。でもいつもとはちょっと違っていた」

ロブにはレイプされた事実を知られている。今さら取り繕う必要はなかった。

「ＢＢに襲われている俺を、ディックは助けてくれなかったんだ。すぐそばにいたのに……。

でも俺は仕方がないと思った。だって俺はディックの敵になったんだ。彼から見放されるのは当たり前だよ」

昨夜一睡もしなかったので眠気が取れず、舌がもつれて上手く喋《しゃべ》れなかった。そんなユウトが子供っぽく見えたのか、ロブは「相当眠いんだね」と苦笑して頭を撫《な》でた。

「夢には自分の抱えている不安や悩みが反映される。夢の中で自分を罰していたのかもね」

「罰する？」

「そう。言い方は悪いけど、自分にとって一番辛《つら》いシチュエーションをつくって苦痛を味わうことで、ディックへの罪悪感を薄めようとしていたとか」

ユウトは「そうかな」と小さく呟いた。ディックの冷たい目が忘れられない。憎まれても自分の選んだ道を行くと決めたが、やはりディックに拒絶されるのは耐え難い苦痛だった。

「どちらかっていうと、悲劇の主人公になることで自分を憐れんだり、どうにかしてディックの同情を引こうとした気がするけど」

自嘲《じちょう》気味に弱々しく笑うと、ロブはユウトの耳朶《じだ》を軽く引っ張った。

「ユウト。そんなにも自分に対して手厳しくならなくていいよ。君は何ひとつとして間違ったことはしてないんだ」

「でも俺はディックが好きなのに、彼の邪魔をしようとしている。ディックだけじゃなく、自分の気持ちまで裏切っているみたいだ」

　コルブスを殺してしまえば、ディックの抱える闇は今よりもっと深くなる。そう思ったからこそ、ディックのためにもコルブスを逮捕してみせると決意したが、本音では彼に憎まれることを何よりも恐れているのだ。未練がましい私情を捨てきれないでいる。

「裏切ったんじゃない。ただ道が分かれただけだ」

「頭ではわかってる。よくわかってるんだ。でも気持ちはそんなに簡単に割り切れない」

　言いながら、自分に嫌気が差した。ディックのために生きることもできないくせに、こんな愚痴をこぼしてなんになる。女々しいにもほどがある。

「すまない、ロブ。もう俺のくだらない話につき合ってくれなくていいよ。寝てくれ」

「……わかった。じゃあ、一緒に寝てもいい？」

「え？」

　ロブは自分のベッドから枕を取ると、強引にユウトを押しやり隣に身体を横たえた。

「ロブ？　なんのつもりだ」

「警戒しなくていい。ただ一緒に寝るだけだ。大丈夫、スケベな手は胸の上で組んでおくから。隣に人の気配があると、悪夢を見なくなるんだよ」

　戸惑うユウトにお構いなしで、ロブは厚かましく自分の場所を確保してしまった。

「本当に？」

　そんな話は聞いたことがないが、ロブの口から聞くと信憑性《しんぴょうせい》はある。

「本当さ。俺のママが昔よく言ってた」

「なんだ。君のママの言葉か」

「ついでに言うと、甘いキスをしてから眠ると安眠できるんだって。試してみるかい?」

ロブが顔を近づけてきたので、ユウトはシーツの中で足を蹴飛ばしてやった。

「痛っ。そんな思いきり蹴ることないだろう」

ユウトが「それもママの言葉?」と聞くと、ロブは顔をしかめながら「いや。これは俺の持論」と白状した。まったく油断も隙《すき》もない。

「……ユウト。今はまだ気持ちの整理がつかないかもしれないけど、それは当然だと思う」

真面目な口調でロブが呟いた。

「だけど自分を信じるしかないんだ。ひとりで生きていても組織の中にいても、最後に自分を支えてくれるのは強い意志だけだ。諦《あきら》めない限り、道は開けていくと信じよう」

シーツの中で手を握られた。性的な意味がないことは理解できたので、ユウトはロブの手を振り払わなかった。

「今は辛いと思うけど、いつかきっと自分の選択は正しかったと思える日が来るよ」

ロブの手の温かさが励ましとなって、胸の奥まで染みてくる。人の温もりには、理屈ではない癒《い》やしの効果があるのだろうか。疲弊して強《こわ》ばりきった心が、ゆっくりと解《ほぐ》れて弛緩していくようだ。

「お休み、ユウト。ぐっすり眠れるといいね」

ロブの囁きに誘われ、ユウトは目を閉じた。今度は夢も見ずに眠れそうな気がした。

「……該当する人間がいない？」

「ああ、そうだ。フリッツ・ボナハムという名前の人間はすべて、社会保障番号から身元を割りだしてみたが、その中にコルブスらしき人物はいなかった」

翌朝、モーテルをチェックアウトしたユウトとロブは、正午近くにＤＣへと戻ってきた。人と会う予定があるロブを途中で下ろし、ユウトはひとりでＦＢＩ本部に向かった。

ハイデンのムッツリした顔を見て、ボナハムについて朗報はないと察したが、まったくの空振りに終わるとは思ってもみなかった。

「これがリストだ。自分の目で確認するといい」

ユウトはハイデンから書類を受け取り、全米に存在するフリッツ・ボナハムたちのプロフィールを確認した。よくある名前ではないので、人数はそう多くない。

見落としがあるのではと思ったが、ハイデンの言葉に間違いはなかった。年齢が一致しないのだ。コルブスに一番年齢が近そうな人物でも、二十三歳と四十八歳。いくら整形で化けたとしても無理がある。

フリッツ・ボナハムという名前も偽名だったのだろうか。それともアメリカ国籍を持っていない人間か。ユウトが落胆しかけた時、ハイデンが奇妙なことを言った。

「コルブスとはかけ離れているんだが、ひとり気になるボナハムがいた。この男だ」

ハイデンが指で示したのは、行方知れずになっている男だった。生年から数えると、現在は六十九歳。彼の何が引っかかったのだろう。

「アメリカ海軍特殊部隊シールズ出身の元軍人で、退役後はコロンビアに住んでいたようだ。妹がひとりいるんだが、彼女の証言によると、もともと音信不通気味だったがクリスマスカードだけは毎年寄こしていたのに、十二年前からはそれもなくなったらしい」

「同じ名前、元軍人、コロンビア……。偶然の一致では片づけられないな」

「私もそう思う。調べてみる必要があるだろう」

ハイデンは重い溜め息をつくと、肘《ひじ》を突いて形のいい鼻の前で長い指を組んだ。

「ボナハムより問題はビル・マニングだ。まったく厄介な相手だよ。今回の大統領選は共和党が優勢だ。つまり彼が副大統領になる確率は極めて高い。もしこの事件にマニングが関わっているとしたら、とんでもない政治スキャンダルになるぞ」

「マニングが副大統領になろうがなるまいが、捜査には関係ないよな」

ユウトが念を押すとハイデンは気分を害したのか、片方の眉をわずかに吊《つ》り上げた。

「簡単に言ってくれるね。君がいたＤＥＡは政治的圧力と無縁の高潔な組織だったのか？」

「ハイデン。話をそらさないでくれ。俺はなんとしてもコルブスを逮捕したいんだ。圧力のせいで身動きが取れなくなるのはごめんだ。頼むから最後まで捜査できるように踏ん張ってくれ」

「君に言われるまでもない。これは私の事件だ。ずっと追いかけてきて、やっとコルブスの尻《しっ》尾《ぽ》を掴めたんだ。簡単に手を放したりしないぞ」

きっぱり言いきったハイデンを見て、ユウトは安堵《あんど》した。今のところは出世欲や保身より、コルブスへの憎悪が勝っているようだ。

さらにふたりはメイアーから入手した情報を検討し合い、最後にハイデンはマニング、ジェネラル・マーズ、スミス・バックス・カンパニーの繋がりを徹底して調査していくと言った。ユウトは可能ならマニングが議員になる以前の動き、特にコロンビアでどういう人間と関わりがあったのかを調べてほしいと頼んだ。

夕方になってFBI本部を後にしたユウトは、用事が終わったロブと合流した。しばらく車で通りを走り、尾行の気配がないことを確認してから、新しいホテルにチェックインした。

部屋に入ってからボナハムの件を報告したが、ロブは落胆した様子を見せなかった。

「手がかりは多いに越したことはないが、素性が明らかになっても彼は逮捕できないと思う」

ロブの意見は正論だった。普通なら犯人の身元を知ることで居場所を特定できるが、コルブスにはその普通が当てはまらない。けれどユウトはコルブスの本名や年齢、生まれた場所や家族構成などを知りたいと強く思っていた。捜査の基本だからではなく、コルブスという男がどういう人間なのか、なぜ今のような複雑な生き方をしているのか、そういう謎の部分を理解することで、彼にもっと近づける気がしていたからだ。

「ユウト。予定通りジェシカ・フォスターと会ってきた」

荷物を解いていると、後ろからロブが声をかけてきた。

ジェシカはスミス・バックス・カンパニーと契約しているやり手のロビイストで、イーガンの姪でもある女性だ。ディックはイーガンに接近するためにシステム開発の社員を装って、目下彼女に取り入っている最中だった。

ジェシカは見るからにディックに夢中の様子だったが、ディックも必要があれば彼女と寝ると言っていた。そのせいかジェシカの名前を聞くと、反射的に不快な気分が湧いてしまう。認めたくはないが、明らかに嫉妬《しっと》の感情だ。

「ああ。どうだった？」

ユウトは個人的感情が顔に出ないよう気をつけながら、振り向いてロブに尋ねた。

「ジェネラル・マーズとスミス・バックス・カンパニーの政治献金は莫大《ばくだい》な額で、しかも現閣僚中、三名がこの両社に深い関わりを持っているそうだ。ジェシカはマニングが副大統領になったら、さらに人数が増えるだろうとも言っていた」

「ジェシカはマニングと親しいのか？」

「遠縁だし仕事柄、連絡は取り合っているみたいだね。彼女がやり手のロビイストとして名を馳《は》せているのも、マニングの協力があってのことだろう」

「なるほどね。……ところで、あれは手に入ったのか？」

一番気になっていたことを聞くと、ロブはニヤッと笑って背広の内ポケットから、一通の青い封筒を取りだした。

「やったな」

「ああ。でも大変だったよ。馬鹿のひとつ覚えみたいに彼女を夢中で褒めちぎっていたら、舌が引きつりそうになった」

今日、車でDCに戻る途中、ロブの携帯にジェシカが電話をかけてきた。ランチの誘いだったが、その際、ジェシカの口から、ジェネラル・マーズの設立五十周年を記念して、今週末、マンハッタンで祝賀パーティが行われるという情報がもたらされた。彼女は自慢がしたかったのか、パーティ会場でマニングやイーガン、それにジェネラル・マーズの社長であるワッデルと会えるのが、今から楽しみだとロブに言ったそうだ。

それを聞いたユウトは、ロブにパーティの招待状を入手するよう頼んだ。多忙な三人が同じ場所に揃《そろ》うことは滅多にないだろう。きっと三人は今回の事件のことで、顔を突き合わせて何かしら話し合うはずだ。これはまたとないチャンスだった。

「心にもないお世辞を言うのは疲れるんだよね」

「お疲れさま。君に不可能はないと信じてたよ」

ユウトがおだてると、ロブは「ふふん」と笑った。

「じゃあさっそくホテルを手配しておく。ついでに君にぴったりのタキシードもね」

ユウトが顔をしかめ「普通のスーツで十分だろう」と抗議すると、ロブは会場は五つ星の最高級ホテル、マーキラディンだから駄目だと言い張り、ユウトの足のサイズを知りたがった。

「向こうにスタイリストをしている学生時代の友人がいるんだ。彼に服から靴まで、一式を頼んでおくよ」

「どうして足のサイズだけを聞くんだ？」

「だって身体のサイズならわかってるから」

疑わしい目で見ると、ロブは「あれ、言ってなかったっけ？」と大袈裟《おおげさ》に両手を広げた。

「俺は相手の身体を抱き締めるだけで、すべてのサイズがわかるんだ」

「そりゃすごい」

ユウトはロブの戯《ざ》れ言《ごと》をさらっと受け流し、シャワー室に向かった。

「なんだよ。もしかして信じてないの？」

ロブが追いかけてきて、シャワー室のドアに寄りかかった。ユウトはシャツのボタンを外しながら、「信じてるよ」と素っ気なく答えた。

「ロブに不可能なことはない。君は赤ちゃんのオムツ替えまで完璧《かんぺき》にこなせる、スーパー大学教授なんだから」

「あー。ひどい。君って最低だ。ケイティのことを思いださせるなよ。今すぐあの子のマシュマロみたいな柔らかなほっぺに、頰ずりしたくてたまらなくなるじゃないか。んー。駄目だ。我慢できない。代わりに君のほっぺにキスしてもいい？」

ユウトは吹きだして、脱いだシャツをロブの頭に被せた。

「残念ながら、俺のほっぺはマシュマロじゃない。さあ、出ていってくれ。悪いけど、ただで俺のストリップは見せられないぞ」

ロブはシャツを取って「金を取るの？」と笑った。けれどすぐに口元を引き締めた。

「……ユウト。ひとつ言い忘れたことがあった。パーティにはディックも来るみたいだ」

刺されたような鋭い痛みが胸に走ったが、ユウトは表情を変えずに「そうか」と頷いた。大袈裟に驚くことではない。ジェシカのお供で同行するのだろう。同じ相手を追っている以上、これからもディックとどこかで遭遇することは考えられる。

「ロブ。ディックがイーガンに固執しているってことは、コルブスを匿っているのはイーガンの可能性が高いということかな」

「ディックの読みが正しければね。だけどCIAもどこまで正確な情報を摑んでいるのかわからない。向こうの動きには、あまり振り回されないほうがいいだろう」

「そうだな」

ロブは何か言いたげな顔をしていたが、ユウトの毅然《きぜん》とした態度を尊重してか、それ以上デイックのことには触れないでいてくれた。ひとりになってシャワーを浴び始めたユウトは、熱い飛沫の下で強く目を閉じた。

ディックとまた会えるかもしれない。だが喜びより不安が大きかった。再会した時、平然とした態度を保っていられる自信がないのだ。会えばきっと彼の瞳に特別な何か——ユウトにだけにわかる信号のようなものを探してしまうだろう。

けれどディックは今被っている仮面、スティーブ・ミュラーというユウトの知らない男になりきって、心の内にあるものは欠片《かけら》さえ見せないに違いない。冷たい眼差しを前にして、作り笑いを浮かべていられるだろうか。

——お前はいつも俺の心を砕く。

ディックの声が幻聴となって蘇ったが、それはユウトの今の気持ちそのままの言葉だった。

＊＊＊

ボナハムは窓の外を眺めていた。大きな広場を囲むようにして、いくつもの宿泊棟が建ち並んでいる。こんな辺鄙《へんぴ》な奥地にある訓練キャンプとしては、かなりの規模だと言えるだろう。広場に迷彩服を着た訓練生が大勢集まっている。今日はこの国の独立記念日なので、訓練生にも休暇を与えていた。なんの騒ぎか知らないが、休みの日にまで彼らのやることに干渉する気はなかった。

しかしボナハムはあることに気づき、違和感を覚えた。いつもなら現地の訓練生に混じって、ちょろちょろと広場を走り回っている子供たちの姿が、今日はまったく見えないのだ。

「ボナハム！　大変だ……っ！　あいつがまたやってる。すぐ来てくれっ」

訓練官のブラウンが部屋に飛び込んできた。あいつというのが、少年のことなのは説明されずともピンときた。ボナハムは上着を引っかけ、急ぎ足でブラウンの後に続いた。

広場に出るとボナハムは訓練生たちを押しのけて、人垣の前に躍りでた。そして信じがたい光景を目の当たりにして、かすかなうめき声を上げた。

ホセという訓練生が、ロープで木にくくりつけられていた。身体中から血を流して、ぐったりしている。そんなホセを子供たちが取り囲んでいたが、全員の手に血のついたサバイバルナイフが握られていたのだ。彼らがホセを刺したのは明白だった。

「次はブライアンだ。やれ」

少年が命令すると黒人の子供は、自分の手に余るほどの大きなサバイバルナイフを、果敢にホセの腹に突き刺した。

「よせ！　何をやってるんだっ」

ボナハムが慌ててブライアンを引きはがすと、少年は冷ややかな態度で、「邪魔しないでくれよ」と言った。

「ホセは当然の報いを受けているんだ。これは一種の公開処刑だよ。ボナハム」

「公開処刑だと……？　どういうことだ」

「ホセはリッキーをレイプした。調べてみると他にも被害にあった子がいた。放っておくと子供たちが訓練生の餌食《えじき》にされてしまう。だから見せしめのためにも、公開処刑が必要なんだ」

女っ気のないキャンプ生活が長くなると、どうしても欲望の捌《は》け口として子供が狙《ねら》われてしまう。訓練生には、ここにいる子供たちは大事な預かりものだから、決して手を出すなと注意していたのだが、その訓示は守られていなかったのだ。

「しかし、処刑までは行きすぎだ。もう十分だろう」

「まだ駄目だよ。……さあ、リッキー。最後はお前の番だ」

少年は隣にいた白人の子供の肩を抱くと、耳元で優しく囁《ささや》いた。

「左胸を狙え。しっかりやらないと、また他の男たちに同じことをされるんだ。そんなの嫌だろう？　だったらホセを殺すしかない。自分の身を守るために、奴を殺すんだ」

リッキーははっきり頷《うなず》くと、サバイバルナイフを胸の前で強く握り締めた。

「やめるんだ、リッキー！　これは命令だぞっ！」

ボナハムが叫ぶとリッキーはビクッと肩を震わせ、迷うように少年の顔を見上げた。

「ボナハムの言葉には耳を貸さなくていい。お前は俺の命令を聞けばいいんだよ。ウィリーもそう言ってただろう？　お前たちのボスは俺だって。……ボナハム、黙っててくれないか。この件は、ウィリーにもちゃんと許可をもらっているんだ。あなたが口を挟むことじゃない」

少年はいつしかボナハムに対し、上から物を言うようになっていた。あの男がその権限を与えたからだ。今のボナハムには暴走していく少年の狂気を、押し止める力はない。

リッキーは少年の後押しを受け、自分をレイプした男の胸にナイフの刃をめり込ませた。ホセの口から絶叫がほとばしる。少年は腰に下げていた拳銃を引き抜くと、耳障りだと言わんばかりに、一瞬の躊躇《ちゅうちょ》もなくホセの頭を撃ち抜いた。

少年は拳銃を持ったまま周囲を見回し、スペイン語で叫んだ。

「いいかっ。よく見ておけ！　子供たちに汚い真似《まね》をした奴は、皆こうなるんだっ」

殺されたのが子供をレイプするような卑劣な男とあっては、表立って少年の行為を非難できなかったのだろう。訓練生たちはそこに悪魔がいるように、怯《おび》えた表情で少年を見ていた。

少年は子供たちを引き連れ、広場から立ち去っていった。あの子供たちも少年の後に続いて、いずれはいっぱしの兵士に育っていくはずだ。子供たちは皆、このキャンプを設立した男の私兵となって、謀略のための手足として利用されていくのだ。

自分はとんでもない化け物を育て上げてしまったのではないか。少年を見ていると、そう思わずにはいられなかった。あの男の望むままに彼を育ててきたのは、ボナハム自身が幼い子供に徹底して軍事教育を施した結果、どういう兵士になるのか大いに興味があったからだった。

人の命を平然と奪えるように育てられたあの少年の末路を思うと、暗澹《あんたん》たる思いが広がっていく。きっと自分は年を取りすぎたのだろう。少し前までは自分がつくりあげた人間兵器を誇らしく思っていたが、最近は悔いる気持ちのほうが強まっている。

ボナハムはホセの死体を眺めながら、いつか自分には当然の天罰が下るのではないかと思い始めていた。

3

二日後の朝、またもや事態が急転した。ハイデンから耳を疑うような一報を受け、ユウトとロブは大急ぎでＦＢＩ本部に駆けつけた。

ユウトがハイデンのオフィスに飛び込んだ時、彼は誰かと電話中だった。ハイデンは物言いたげなユウトを暗い目で制し、自分のデスクに腰かけながら電話を続けた。

「ええ、わかりました。すぐ出発します。……はい。では後でまた連絡致します」

ハイデンは受話器を置くと面倒そうに手を動かして、ふたりをソファに座らせた。真っ先に口火を切ったのはユウトだった。

「ハイデン。どういうことなんだ？　ちゃんと説明してくれ」

「どうもこうもない。電話で言った通りだ。連続爆破事件の犯人を名乗る男が、シカゴ支部に自首してきた。向こうの捜査官が取り調べを行っているが、私も今から現地に飛ぶつもりだ。――これがシカゴから送られてきた犯人の写真だ。名前はジョン・ベイカー」

ハイデンはプリンターで印刷された写真を、ユウトの前に置いた。そこに写っているのは三十代半ばくらいの白人男性だったが、手にとって確認するまでもなかった。ひと目でコルブスではないとわかる。大きく譲って顔は整形したとしても、身体の骨格がまったく別人だ。

「どう見たって、これはコルブスじゃない」

「だろうね。私もベイカーがコルブスだとは思っていない。だが爆破事件に関与しているのは確かだ。犯人しか知り得ないような情報や物的証拠まで持っている」

ハイデンが書類をカバンに詰め込んでいると、シカゴに同行する部下がやって来た。準備が整い、コートを脇に抱えて部屋を出て行こうとしたハイデンに、ユウトは問いかけた。

「男はコルブスの部下だと言ってるのか?」

ユウトの質問にハイデンは足を止め、「いや」と首を振った。

「取り調べに対し、仲間はいないと繰り返しているそうだ。……とはいえ、詳しいことはまだ不明だ。何かわかり次第、向こうから連絡する」

ハイデンが部下を引き連れていなくなると、ロブは独り言のように「嫌な感じがする」と呟《つぶや》いた。ユウトもまったく同感だった。

実体なき影のような存在だったコルブスの輪郭が、徐々に明らかになってきた今、いきなり事件の中核を成すかもしれない人物が現れた。しかも単独犯を匂《にお》わせている。男がどういう人間なのか見当もつかないが、どうしてこのタイミングなのか。

そして、そんなユウトとロブの嫌な予感は的中した。FBIは自首してきた男、ジョン・ベイカーを連続爆破事件の実行犯と断定したのだ。しかもベイカーの主張には信憑性《しんぴょうせい》があるとして、捜査は単独犯の方向に流れ始めた。

ユウトはDCに戻ってきたハイデンに猛烈に抗議した。ベイカーが実行犯であったとしても、背後にホワイトヘブンやコルブスが存在しているのは間違いない。なのになぜ突然、真相を解明しないまま、事件を終結させようとするのか。どうあっても納得できるものではなかった。

「ハイデン、なぜだ？　ベイカーの言うことを鵜呑《うの》みにするなんておかしいぞ」

ハイデンは食ってかかるユウトに冷めた一瞥《いちべつ》を与えた。

「彼の証言はあまりにもよくできすぎている。もちろんまだ不明な部分も多いが、犯行に直接関わった人間であることは間違いない」

「だからといって単独犯にはならない。コルブスの命令を受けて動いていたはずだ」

「彼とホワイトヘブンとの繋がりを示す材料は、今のところまったく出ていない。つまり、コルブスとの接点も見つかってないということだ」

「それがなんだ。一連の爆破事件はホワイトヘブンの仕業だ。最初にコネチカットで逮捕されて狙撃《そげき》された男は、組織ぐるみで爆破事件を起こしていたと証言したじゃないか」

「少し声を抑えてくれないか。寝不足で頭が痛いんだ」

いつも身だしなみを完璧《かんぺき》に整えている伊達男《だておとこ》のハイデンだが、今は前髪がばっさりと額に落ち、ネクタイの結び目もだらしなく弛んでいた。その様子を見れば、彼がシカゴで奮闘してきたことはわかる。だが同情はできなかった。ハイデンはすでに自分の戦場から撤退しかかっているのだ。

「今さらこの事件がコルブスと無関係だなんて言わないよな」

「私は思っていない。だが上は――」

話の腰を折るように、ハイデンの携帯が鳴った。ハイデンは溜め息をついて電話に出た。

「……はい。そうです。……え？　ですが、まだそうと決めるのは早計かと――。待ってくださいっ。もう少し時間をください。ベイカーの証言にはまだ不確かな部分が多い」

ハイデンの態度から、電話の相手が捜査の決定権を持つ相手であることは容易に推測できた。ハイデンはねばり強く交渉していたが、恐らく相手が強硬に命令を下したのだろう。最後は屈辱を露《あら》わにした表情で電話を切り、らしくない乱暴な手つきで携帯をデスクに投げた。

「ハイデン。なんだって？」

苛立《いらだ》ちを抑え込むように前髪を撫《な》でつけているハイデンに、ユウトは声をかけた。

「お手上げだ。もう私にはどうすることもできない。上層部はベイカーを単独犯と断定した」

ユウトは「まさか！」と大声を出した。

「コルブスはどうなるんだ？　ここまできて奴を野放しにするのか？」

「そういうことになるな。上は彼の存在そのものを、なかったことにしたいらしい」

激しい怒りに見舞われ、ユウトはハイデンのデスクを拳で叩《たた》いた。

「めちゃくちゃだ！　一体ＦＢＩは何を考えてる。こんな馬鹿げた話があるものかっ」

ロブも立ち上がり、ユウトの隣に並んだ。

「どこからか、圧力がかかったということですか？」

ハイデンは自分の椅子に座ると、疲れたように目頭を揉《も》んだ。

「……なんの理由も告げられず、上からのひと言で捜査が打ち切りになるのはよくある話だ。今回のケースはまだましだ。犯人は見つかったんだから、ＦＢＩの面目は潰《つぶ》れない」

「ＦＢＩの面目なんて知ったことじゃない。本当の犯人を野放しにして、次に何か起きた時、どう言い訳するんだ？」

どうにかハイデンに踏ん張ってほしくて、ユウトは必死で言い募った。けれどハイデンの疲弊しきった表情はピクリとも動かない。完全に敗北者の顔つきだ。

「この事件はコルブスを逮捕しない限り終わらない。奴は最後に、今までで一番大きな爆破を企てているんだぞ」

「レニックス。テロは行われない。もう大丈夫なんだ」

ハイデンが力なく断言した。最初はどういうことだと不可解に思ったが、すぐ言外に潜む事実に気づき、頭の中が沸騰した。

「……取引したのかっ？　そうなんだな！」

ユウトはハイデンの胸ぐらを摑《つか》み上げた。ハイデンの身体が椅子から浮き上がる。

「やめないか、レニックス……っ」

「相手はマニングかっ？」

苦しげに顔を歪《ゆが》ませるハイデンを揺さぶりながら、ユウトは声を荒《あら》らげた。ロブが慌ててユウトを羽交い締めにして、ハイデンから引きはがした。

「落ち着け、ユウト。ハイデンを責めても仕方がない。彼が決めたことじゃないんだ」

ロブは興奮しているユウトを自分の後ろに押しやり、ハイデンに向き直った。

「向こうが差しだしたベイカーを犯人として受け入れ、この事件から手を引く。その褒美が次の爆破中止というわけですか？」

ハイデンは乱れたシャツを直しもせず、「わからない」と首を振った。

「私もそこまで赤裸々に教えられたわけじゃないんでね。ただ上は、犯人が逮捕された以上、次の爆破は起こり得ない、そう断言した。これをどう解釈するのかは君らの勝手だ」

ユウトはまだ収まらない怒りを持てあましながら、ハイデンに厳しい目を向けた。

「見損なったぞ。コルブスは必ず逮捕すると言ってたじゃないか」

「これ以上、私にどうしろと？　私が上層部の意向に楯突《たてつ》いたところで、事態は何も変わらないんだぞ。私はどこかの支部に飛ばされ、空いたこの椅子に別の誰かが座る。それだけだ」

ハイデンは皮肉な口調で言い捨て、ようやくひどい有り様になっている身なりを整え始めた。

「レニックス。君はクアンティコに戻れ。アカデミーで正規の訓練を受け直すんだ」

「体《てい》のいい厄介払いってわけか？」

「最初に言ったはずだ。君の捜査官という立場は、この捜査にのみ適用される特例措置だと」

この決定はユウトに怒りよりも虚脱感を与えた。もうどうすることもできない。すべては決定済みの事項なのだ。ハイデンが上の指示に逆らう意志をまったく持っていない今、ただの捜査官でしかないユウトにできることは何もない。

「預けてあったものを返せ。君にはもう無用のものだ」

ハイデンの命令が、さらにユウトの気力を萎《な》えさせた。

のしかかる敗北感に溜め息も出ない。最悪の結末だった。直接圧力をかけてきたのがマニングかどうかはわからない。だがまったく無関係であるはずがなかった。FBIは事件の黒幕かもしれない男の力に屈したのだ。

ユウトは捜査官の証であるバッジとIDカード、そして懐のガンホルダーに収めた拳銃を取りだすと、無言でハイデンのデスクに置いた。


FBI本部を出てホテルに戻ってきたユウトは、部屋に入ると荷物をまとめ始めた。

「ロブ。せっかくDCまで来てもらったのに、こんな結果になってすまない。君も今日の便でLAに帰ってくれ。俺はアカデミーに戻る」

無力感に苛《さいな》まれながら服を畳んでいると、ロブが後ろから話しかけてきた。

「本当にいいの？　コルブスを逮捕するって決めたんだろう。まだ終わりにするのは早いよ」

「バッジを失ってしまった俺に、どうやって捜査を続けろって言うんだ」

「捜査権は失っても、コルブスを追う権利までなくしたわけじゃないだろう」

「だけど――」

　言いかけた言葉は携帯の着信音に遮られた。ユウトは疲れた顔つきで、上着のポケットから携帯を取りだした。けれど着信表示を見た時、その表情は大きく変化した。

「ユウト？」

　ロブに向かって携帯の画面を見せると、彼もハッと息を呑んだ。そこに表示されているのは、000から始まる、スカイプのあのダミー番号だった。

「……もしもし？」

「やあ、ユウト。久しぶりだね。今、DCにいるようだけど、仕事は順調かい？」

「いつも俺を監視しているのか？　そんなに俺のことが気になるなら、会いに来ればいいのに」

　皮肉を言ってやるとコルブスは笑いを漏らし、「そのうちね」と答えた。

「身代わりの犯人を用意するなんて、やることが姑息《こそく》だな。そんなにFBIが怖いのか？」

「あれは俺の考えじゃない」

「言い訳するなよっ。俺はお前のゲームに参加したのに、ディーラーのお前が先に降りるのか？　卑怯《ひきょう》だぞ」

ユウトに非難され、コルブスは電話の向こうで溜め息をついた。

「そんなに怒らないでくれ。俺にも事情ってやつがあるんだ。でもゲームを中止したわけじゃない。俺はこれから最高の花火を打ち上げるつもりだ。君にも見てもらいたいと思ってる。もちろんディックにもね。……彼はどんどん俺に近づいてきてるよ。彼の足音が聞こえそうだ」

電話はいきなり切れた。ユウトは「くそっ」と吐き捨て、携帯を握り締めた。

「コルブスはなんだって？」

「奴はまだテロを諦《あきら》めてなんかいない。最大の爆破事件を企ててる」

ロブはユウトの言葉を聞き、表情を引き締めた。

「どうするんだ、ユウト？」

「……わからない。どうしていいのか、俺にはわからないよ」

ＦＢＩに訴えても、上層部の判断は変わらないだろう。捜査官でなくなった無力な自分に、事件を食い止める力など残っていない。

「ねえ、ユウト。コルブスを諦めるってことは、ディックのことも忘れるってことだ。君にできるのかい？」

ユウトはロブを振り返った。茶色い瞳を覗き込んで真意を探ろうとしたが、思考が散漫になっているせいで無理だった。ネガティブな感情を抑えるだけで精一杯だ。

「俺を思い留まらせようとするのは、学者としての好奇心から？」

「それもあるけど、一番の理由は君が好きだから」

ユウトは首を振った。

「矛盾してるよ。俺がディックのことを忘れるのは、歓迎すべき出来事じゃないのか？」

「そうだね。君がディックを忘れて、俺のことを好きになってくれればすごく嬉しい。だけど、それ以上に君には負けて欲しくないんだ。ここまで必死で頑張ってきた君が、自分の信念を曲げて逃げだす。そんな姿は見たくない。俺が好きになったのは、自分の気持ちに正直になって、まっすぐに生きようとする君だから」

ロブは子供にするように、ユウトの頬《ほお》を軽くつねって微笑《ほほえ》んだ。

「もう少し頑張ろうよ」

「ロブ……」

「俺は夢見がちな男なんだ。好きな相手には、いつだってキラキラ輝いていて欲しい」

ロブの芝居がかったセリフが可笑《おか》しくて、ユウトは吹きだした。

「本当に君ってひと言多い」

ロブは傷ついた表情で肩をすくめた。

「今のは真剣に言ったんだぞ。笑うなんてひどいよ」

笑ったお陰で、どん底まで落ち込んでいた気持ちが少し浮上した。ユウトはロブの助言に感謝しながら、まだ終わりにはできないのだと考え直した。

事件はまだ何も解決していない。それにユウトはディックと同じ孤独の中に飛び込むと決めたのだ。ディックのためにも、この手でコルブスを捕まえると誓った。だったらディックがコルブスを追っている限り、ユウトも諦めるわけにはいかない。

「さて、どうする。君が選ぶ行き先はクアンティコ？　それともＮＹ？」

ロブが明日開催されるパーティの招待状をかざしながら尋ねた。ユウトはロブの手から青い封筒を奪うと、きっぱり答えた。

「ＮＹだ。今すぐ出発しよう」

ふたりはさっそくユニオン駅に向かい、アムトラックのアセラ・エクスプレスに乗車した。アセラ・エクスプレスはＤＣからボストンまでを結ぶ北東回廊線を走る高速列車で、ＮＹまでの所要時間は約三時間だ。ユウトはロブと並んでシートに腰を落ち着けると、走りだした列車の中からハイデンに電話をかけた。

「ハイデン、俺だ。今、ＮＹ行きの列車に乗っている」

「なんだと……？　まさかだろ、レニックス！」

ハイデンはユウトがクアンティコではなくＮＹを目指していることを知ると、怒り狂って声を荒らげた。パーティに潜り込む計画は前に話していたので、理由を説明するまでもなかった。

「今すぐ戻らないと解雇だぞ！」

「クビでも構わない。俺はこの事件の捜査がしたくてＦＢＩに入ったんだ。……ハイデン。俺にとってこの事件は、唯一無二の事件なんだ。どうしても途中で投げだせない」

ハイデンはしばらくはユウトの勝手な行動を責め立てていたが、罵《ののし》る言葉も尽きると忌々《いまいま》しそうに溜め息を吐き、トーンダウンした声で「このわからずやめ」と呟いた。

「ＮＹ市警本部の刑事局に、マット・ディケンスという刑事がいる。今から彼の携帯の番号を言うから控えろ。……書いたか？」

手帳に番号を書き取り、ユウトは「ああ」と頷いた。

「マットは私の友人だ。連絡しておくから、もし困ったことがあれば彼に相談しろ。ただし、あくまでも個人的にだ。ＦＢＩの名前はいっさい出すな」

「いいのか？」

ハイデンの口から、自分の行動を容認するような言葉が出てくるとは思わなかった。

「止めても聞かないんだから仕方がないだろう。……レニックス。私の親友はあるテロ事件に巻き込まれて死んだ。その時も事件の背後に政治的な思惑が絡んでいて、結局最後まで捜査できなかった。どれだけ時間が過ぎても、今も無念は晴れていない」

ハイデンは怒りながらも、ユウトの気持ちに理解を示してくれているのだ。ＮＹ市警の刑事を紹介してくれたのは、ハイデンなりのエールなのだろう。

列車は予定通りの時刻にNYに到着した。マジソン・スクエア・ガーデンの地下にあるペンシルバニア駅に降り立つと、狭く陰気なホームには地下駅独特のすえた匂いが漂っていた。

対照的にネオンが灯り始めたにぎやかな地上に出たふたりは、タクシーに乗ってホテルに向かうことにした。

「マーキラディンまで頼むよ」

ロブが運転手に告げたのは例のパーティ会場となる、マンハッタンでも一、二を争う高級ホテルの名前だった。明日の下見に行くのかと聞くと、ロブはキョトンとした顔で「え？　泊まるんだよ？」と答えた。

「あそこは一番安い部屋でも五百ドルくらいするんだろう。俺は他のホテルを探すよ」

「駄目駄目。もう予約済みなんだから。今から予約を取り消しても全額のキャンセル料金が発生する。そっちのほうがもったいないよ。あそこには前から一度泊まりたいと思ってたんだ。俺の我《わ》が儘《まま》につき合うと思って、我慢してくれ」

支払いはロブが持つというので、ユウトも同意せざるを得なかった。

マーキラディンもミッドタウン・ウエストにあるので、タクシーはすぐにクラシックな外観を持つホテルに到着した。広々とした車寄せの前でタクシーを降りると、とびきりハンサムなドアマンが爽《さわ》やかな笑顔でふたりを迎えてくれた。フロントまで荷物を運んでくれたドアマンに、ロブは非常に愛想のいい態度でチップを手渡した。

「さすがマーキラディン。ドアマンまで最高にチャーミングだ」

ハドソン川が一望できる三十二階の部屋に到着するやいなや、ロブはやに下がった顔で率直な感想を漏らした。素晴らしい景色でも部屋の豪華さでもなく、真っ先に若い男の容姿を褒め称える不埒《ふらち》な相棒に、ユウトは冷たい視線を投げた。ロブは慌てて言い足した。

「でも一番キュートなのは君だよ。いちいち言わなくても、わかってると思うけど」

何か言い返してやろうと口を開きかけた時、ロブの携帯が鳴った。相手はパーティ用のタキシードを頼んでいる友人のようで、試着のために今から部屋までやって来るとのことだった。

しばらくして大荷物を抱えて現れたロブの友人、クリス・ジェイキンスは、いかにもNYでファッション関係の仕事に携わっているといった雰囲気の男だった。内股でクネクネ歩くところが、そのムードを助長している。

薄いメイクと不似合いな顎髭《あごひげ》。小さな頭を強調するように刈り込んだ髪は淡いピンク色で、身体にフィットしたシャツとズボンを身につけている。なんとなく予想していたので、ユウトは驚きもせず笑顔で握手を交わした。

「よろしく、ユウト。アタシのことはＣＪって呼んで」

ＣＪはいそいそと二着のタキシードを取りだし、ふたりに試着を促した。

「多分、ぴったりだと思うけど、念のためにね。ほら、早く」

ふたりが着替えを済ませると、ＣＪは大喜びで手を叩いた。

「素敵！　カワイコちゃんたち、とってもお似合いよ。このまま家に持って帰って飾りたいくらい。でもユウトはちょっと袖が短いかしら？　シャツの襟元は苦しくない？」

　CJがユウトの身体をベタベタと触り始めると、ロブはムスッとした顔で注意を与えた。

「おい。触りすぎだぞ」

「嫌だ。人を痴漢みたいに言わないで」

　CJは細い眉毛《まゆげ》を吊《つ》り上げた。

「別に少しくらい触ったって、減りはしないでしょうに。ねえ、ユウト。この先生、ヤキモチ焼きだから大変でしょう？　いつからつき合っているの？」

ユウトがそういう関係じゃないと誤解を訂正すると、CJは「まあ！」と大袈裟《おおげさ》に瞠目《どうもく》した。

「なに、ロブ？　こんな素敵な子をまだモノにしてないの？　あんたのご自慢の息子は、いつから役立たずになっちゃったの。若い頃はもっと果敢な男だったのにさ。毎晩、相手を取っ替え引っ替えしていた、やんちゃ坊主だった時代が懐かしいわ。あの頃のあんたは輝いていたわよ。サタデーナイトフィーバーどころか、エブリナイトフィーバーだったじゃない」

　過去のご乱行を機関銃のように捲《まく》し立てられ、すっかり閉口したロブは、これから用事があるからと嘘《うそ》をついて、CJを部屋から追いだした。

「……何か言いたそうだね」

　ロブはユウトの冷たい視線に気づき、バツが悪そうな表情で唇を曲げた。ユウトは「別に」

と答え、タキシードを脱いでスーツに着替えた。ロブも着替え始めたが、どうしても言い訳がしたかったらしく、ワイシャツだけの格好でユウトのそばをうろついた。

「ＣＪの言ったことは一部正しいけど、遊びが好きだったわけじゃないんだ。ほら、若い頃って現実と理想がごっちゃになるだろう？　きっとどこかに運命の相手がいるんじゃないかって、夢見てしまったりさ。理想を追い求め過ぎていたんだ」

「へえ。俺はてっきり、ご自慢の息子の躾《しつ》けができてなかっただけだと思ったよ」

ユウトの嫌みに、ロブは「ひどい誤解だ」と自分の股間《こかん》を押さえた。

「こいつは俺に似ていい子だよ。毎晩、隣のベッドで君が無防備に眠っていても、言うことを聞いて大人しくしてるんだから」

ロブに下ネタを振ると長くなる。ユウトは馬鹿話を切り上げ、携帯を手に持った。

「誰に電話するんだい？」

「ハイデンが紹介してくれた、ＮＹ市警のディケンス刑事だ。彼に頼みたいことがある」

明日のパーティに備え、マニングやジェネラル・マーズの社長もこのホテルに部屋を取っている可能性は高い。ディケンスの協力が得られれば、誰がどの部屋に宿泊するかわかるかもしれないと思ったのだ。

ディケンスはハイデンからすべての事情を聞かされていたようで、ユウトが多くを説明しなくても、快く頼まれごとを引き受けてくれた。明日、報告を受ける約束を取りつけ、ユウトは電話を切った。

ふたりは夕食を取るため部屋を出た。ロブの希望で行き先は、ホテルの最上階にある展望レストランになった。摩天楼を一望できる窓際のテーブルに案内され、ロブは上機嫌だった。

食事が終わった後、ロブはウェイターにカクテルを頼んだ。甘ったるい酒は好きではないが、ロブの選んだカクテルはさっぱりした口当たりで飲みやすかった。

「さっき、昔は運命の相手がいると思ってたって言ってたけど、今はもう探してないの？」

ロブは恋多き男なんだろうと予想していたが、ＣＪの言葉で確信が持てた。経験豊富なロブの恋愛観に興味が湧き、ユウトは話のネタに切りだした。

「探してないわけじゃないけど、無駄に高い理想は抱かなくなったな。若い頃は運命の相手が、ある日いきなり目の前に現れるんじゃないかって思っていたけど、そうじゃないことがわかったからね」

「どういう意味？」

「運命の相手は出会うんじゃなくて、自分で決めるものだって気づいたんだ。若い頃は相手の嫌な部分を知ると、それだけで恋心が冷めてしまった。でも完璧な恋人なんていやしない。だから理想を追い求めるんじゃなく、この人だって決めたらとことん好きになる。欠点さえ魅力だと感じるようになるまでね」

「なんだか悪妻を持つ亭主の言葉みたいだな。要するに恋愛には妥協が必要ってことか？」

ユウトは笑ってカクテルに口をつけた。

「身も蓋《ふた》もない言い方だなぁ。まあ、間違っちゃいないけど、俺が真に言いたいのは百人を愛するより、ひとりの相手を百年愛するほうが、ずっと素晴らしいってことだよ。金や地位や名誉は虚栄心や自尊心を満たしてくれるけど、孤独までは埋めてくれない。孤独を消してくれるのは愛だけだ。愛する人と愛し合いながら生きていく。それが最高の幸せだと思う」

「君ってロマンチストなのかリアリストなのか、よくわからないな」

ロブはユウトのグラスに自分のグラスを軽く当てると、「その両方さ」と微笑んだ。

「人は誰だって夢を見ながら現実を生きている。ユウトの見る夢は何？」

ユウトは答えに困り、窓の外に視線を投げた。

夢はあるのかと聞かれても、明確な言葉は浮かばなかった。明日さえわからない身の上では、これから先の人生に特別な希望も持てやしない。

地位や名誉には興味がなかった。金はあるに越したことはないが、生きていくのに必要な分だけあればいいので、働いてさえいればどうにかなるだろう。ロブの言うように、愛する人と共に生きていける人生は理想だと思うが、ディックのことを忘れられない限り無理だ。

「難しいな。今は何も考えられないよ」

「そうだね。すべては、この事件が終わってからだ。……ねえ、ユウト。いつかすべてが終わって君に平穏な生活が訪れた時、その時にもし君がひとりきりでいたなら、俺と一緒に生きる人生を考えてくれないか?」

思いがけない真摯《しんし》な言葉を投げかけられ、ユウトの眼差《まなざ》しが揺れた。

「ロブ……」

「答えなくてもいいよ。俺がそういう気持ちでいることを、君に知っていてもらいたかったんだ。今はディックのことしか考えられないって、俺もよくわかってる」

ロブの優しさが辛《つら》かった。ロブは大人の態度でユウトを追い込むことなく、気長に見守ってくれている。くだらない冗談や浮気な態度も、彼なりの思いやりなのだ。できるだけユウトが罪悪感を持たずに済むよう、深刻な雰囲気を持ち込まないようにしてくれている。

「――あら、ロブじゃない?」

すぐ後ろから女性の声が飛んできて、ユウトは身構えた。聞き覚えのある声だ。

「ジェシカ!　今夜は一段ときれいだね。マンハッタンの夜景も霞《かす》みそうだ」

ロブが立ち上がってジェシカ・フォスターの頬にキスをした。胸元の大きく開いたセクシーなカクテルドレスに身を包んだジェシカは、ロブのお世辞に婉然《えんぜん》と微笑んだ。

「やあ、スティーブ。君も明日のパーティに出るんだね。また会えて嬉しいよ」

ロブが気さくな態度で、ジェシカの隣にいるディックに手を差しだした。ディックはクールな態度で「私もですよ」と答え、儀礼的にロブの手を握った。

ユウトも咄嗟《とっさ》につくり笑いを浮かべて立ち上がり、ふたりと握手を交わした。手の温かさとは反比例して、ディックの目は微笑みながらも氷のように冷ややかだった。

今のディックは眼鏡をかけた理知的な雰囲気を放つ、スティーブ・ミュラーだ。そしてユウトはロブの助手のアラン・チェン。お互い、一度挨拶《あいさつ》を交わしただけの赤の他人に過ぎない。

ジェシカが相席を申しでると、ロブは愛想よく承知した。彼女から聞きだせる情報は貴重だとわかっているが、一瞬だけロブを恨みそうになった。

「あなたたちも、ここに泊まっているの？」

「ああ。マーキラディンには一度泊まってみたいと思っていたんだ。いいホテルだね。マニング氏とイーガン社長も今夜はここに？」

ロブがさり気なく探りを入れると、ジェシカは「いいえ」と首を振った。

「イーガンとマニングはパーティの時刻に合わせて、明日ホテルに来るはずよ。ああ、でもマニングは少し遅れるかも。彼、大統領選の一般投票を控えて、ものすごく多忙だから」

ジェシカは続けて、ジェネラル・マーズの社長であるピーター・ワッデルはすでにチェックイン済みで、ついさっき部屋まで行って挨拶をしてきたと教えてくれた。

ロブが「すごい人と知り合いなんだね」と持ち上げると、ジェシカは得意げにグロスで光る唇を綻《ほころ》ばせた。

もっぱら会話しているのはロブとジェシカだけで、ユウトとディックは頷いたり、相槌を打つ程度のものだった。ジェシカは何か言うたびディックに同意を求めたり、熱い目で彼の横顔を追ったりしている。ディックもそんなジェシカに、常に魅力的な微笑みを返していた。ふたりの親密さが以前より増しているのは明らかだった。

　ディックは必要ならジェシカと寝ると言った。ふたりのまとう雰囲気は、すでにベッドを共にした男女のそれだった。ユウトはテーブルの下で何度も拳を握り締めた。

「ところで、アランは何歳なの？」

　ジェシカの興味がユウトに向けられた。

「……二十八歳です」

「本当に？　もう少し若いのかと思ってた。東洋人て不思議と若く見えるわよね。あなたはアメリカ生まれなのかしら」

「ええ」

「じゃあ、中国語は話せないの？」

「三世なので、あまり」

　身の上を偽っているので、個人的なことは聞かれたくない。そんな思いが顔に表れていたのか、ジェシカの目にユウトの態度は無愛想に映ったようだ。

「ロブと違って無口なのね。ねえ、スティーブ。あなたもそう思うでしょう？」

　気を悪くしたジェシカが、ディックに賛同を求めた。

「仕方ないよ。東洋人はシャイだからね。それにアランは人見知りする質《たち》なんだろう。ロブとは楽しそうに話してる」

棘《とげ》のある言い方だった。それがディックとしての冷たさなのか、ジェシカに追随するスティーブ・ミュラーとしての嫌みなのか、ユウトには推し量ることはできなかった。

しばらくするとジェシカがディックをダンスに誘った。ダイニングルームの真ん中はダンスフロアになっている。オーケストラの生演奏に合わせ、ふたりは見つめ合いながら身体を揺らし始めた。美男美女のお似合いのカップルだから、周囲の視線が自然と彼らに集まっている。

「……大丈夫？」

ロブが気づかわしげな目で尋ねてきた。

「ああ。問題なんてまったくない」

ユウトは平静を装って答えたが、ロブに軽く頬を叩かれた。

「無理しないでいいよ。もう部屋に帰ろう。これ以上ジェシカと一緒にいても、自慢話を聞かされるだけだ。ワッデルの宿泊している部屋は、ディケンス刑事が教えてくれるさ」

ディックとジェシカが、腕を組みながら戻ってきた。

「悪いけど、これで失礼させてもらうよ。アランが飲みすぎて気分が悪いみたいなんだ」

「あら、そうなの？　残念だわ」

「俺たちがいるとお邪魔だろ。後は熱々のふたりでごゆっくり」

ロブに冷やかされ、ジェシカは「嫌な人ね」と少女のようにはにかんだ。

「じゃあ、また明日。……アラン、大丈夫かい?」

芝居がかった態度で、ロブがユウトの腰に腕を回してくる。ユウトも調子を合わせるしかなく、レストラン内をロブに寄りかかるようにして歩く羽目になった。

「カクテルで潰れるなんて、格好悪いったらないよ。どういうつもりなんだ?」

廊下に出てから抗議すると、ロブは「いい気味だ」と意味のわからない言葉を漏らした。

「何が?」

「ディックだよ。君を抱きかかえた時、ものすごい目で俺をにらみつけた。今頃、きっと腸《はらわた》が煮えくり返っているぞ。君の気持ちも知らないで、ジェシカといちゃついた罰だ。さあ、部屋に帰って飲み直そう」

ロブの言い分には呆《あき》れたが、自分のための芝居だったとわかれば、文句を言うわけにもいかなかった。だがディックににらまれたというのは嘘だろう。仮面を被《かぶ》ったディックは私情など外に漏らしたりしない。きっとロブは自分を思いやって言ってくれたのだ。

部屋に戻るとロブは、にこやかに同席していたのが嘘のように、不機嫌極まりない顔でディックへの不満を口にした。

「彼はやっぱり間違っている。君を好きなのに、どうしてその気持ちを大事にしようとしないんだ? コルブスに復讐《ふくしゅう》したい気持ちはわかるけど、君を巻き込んでいる以上、自分だけの問題では済まなくなっているのに」

「俺は巻き込まれたんじゃない。自分で飛び込んだんだ。ディックのせいじゃないよ」

ユウトがディックを庇《かば》うと、ロブは珍しく冷たい目つきで反論した。

「どっちでも結果的には同じだ。彼はすでに君と深い繋がりを持ってしまったんだ。今さら関係ないって顔で君の気持ちを踏みにじるのは、男として最低の行為だよ。君より自分の目的を選ぶ覚悟を決めていたなら、あの夜、君を抱くべきじゃなか――」

ロブは言いすぎたと思ったのか、急に唇を閉ざした。

「……すまない。俺に口だしする権利なんてないのに」

ユウトはすぐに「いいんだ」と頭を振った。

「君が俺のために怒ってくれているのはわかってる。でも、ディックのことは誤解しないで欲しいんだ。ディックと深い関係を持つことになったのは、すべて俺が望んだ結果なんだ。ディックはどうにか踏み止まろうとしたのに、俺のほうが……。だから彼は悪くないんだよ」

ディックをより強く求めたのはユウトのほうだった。刑務所での最初のセックスも、ユウトから欲しいと言った。再会した夜も自分から会いに行った。ディックは拒みきれずにユウトを抱いただけで、ふたりの関係において彼に落ち度はない。

ロブはなぜか悲しげな瞳で微笑んだ。

「君は優しくて強い人だね。自分だって苦しいだろうに、いつもディックの立場に立って彼の気持ちを考えている。だから余計に俺はディックを非難したくなるんだ。ディックはジェシカと同じ部屋に泊まってる。今頃は部屋に引き上げて、彼女を抱いてるかもしれないよ。それでも、まだ彼を庇うのかい?」

ユウトはロブの視線を受け止めきれず、頼りなく窓の外に視線を彷徨《さまよ》わせた。

「自分の目的を達成するためなら、彼は手段を選ばない。君を傷つけるとわかっていても、ジェシカから情報を引きだすために、今夜も彼女を抱くんだ。君も泊まっている、このホテルのどこかでね」

たまらなくなってユウトは立ち上がった。窓際に近づき、冷たいガラスに額を押しつける。

「……君は意地悪だ。俺が必死で耐えているのを知ってるくせに」

なるべく考えないようにしているのに、ロブが嫌な現実を突きつけてくる。ロブの言葉に切り裂かれた胸から、見たくもない嫉妬《しっと》の感情があふれ出てきて、自分を見失いそうだった。

「耐えなくていい。君にはディックを責める権利がある」

「ディックはゲイなんだ。自分の欲望からジェシカを抱くんじゃない。彼は仕方なく彼女に首ったけのふりをしてるだけだ」

ロブは立ち上がると、ユウトの後ろから窓ガラスに両手を突いた。ロブの胸に閉じこめられ、逃げ場を失ってしまう。

「ユウト。ディックの事情なんて関係ない。俺は彼が君よりも、自分の目的を優先させていることを非難しているんだ。ディックが本当に君を愛しているなら、君を幸せにしたいと願うはずだ。彼はなぜ過去にばかり目を向けて、君のために生きようとしないんだ？」

両手で耳を塞《ふさ》ぎたい気持ちになりながら、ユウトは唇を噛《か》んだ。

「俺はディックに愛されてないって言いたいのか……？」

「そうは言ってない。でも君はディックのためにこんなに頑張っているのに、彼はその想いを全然わかっていない。自分のことしか考えていない。それが許せないんだ」

ロブの腕が腰に巻きついてきた。驚いて身をよじったが、ロブの抱擁は逆に強さを増した。

「ユウト。俺なら君を悲しませたりしない」

ロブの熱っぽい囁きが甘い吐息となって、耳朶《じだ》を優しく愛撫《あいぶ》する。

「いつもそばにいて、君が辛い時は励ましてあげる。悲しい時は慰めてあげる。どんな時でも、君をひとりにはしない」

「ロブ……。やめてくれ」

息苦しさに見舞われ、ユウトは喘《あえ》ぐように呟いた。

「俺じゃ駄目かい？　どうあっても、君のパートナーにはなれない？」

首筋に唇を押し当てながら、ロブはもどかしげにユウトを抱き締めた。

「待つって言ったのに、困らせてごめん。でも、どうしても我慢できない。君が欲しいんだ。どうしようもないほど、欲しくてたまらない」

ロブの頭が深く覆い被さってくる。拒まなければとわかっていたのに、逃げ切れなくてキスを受け止めてしまった。唇が重なり合い、ロブの熱い想いが流れ込んでくる。

「ロブ、俺は――」

「わかってる。君の心はディックひと筋だって、ちゃんとわかってる。だけど、今だけは俺を受け入れてくれないか」

ロブの切羽詰まった気持ちがわかるだけに、簡単に拒絶できなかった。誰かを一心に恋い慕う、どうにもならない苦しい感情なら、ユウトもよく知っている。

「報われない恋だとわかっていても、一度くらい幸せな夜を過ごしてみたい。そう願うことを許して欲しい」

「ロブ……」

情熱的な囁きが理性を麻痺《まひ》させていく。深くキスされながら、欲望を秘めた手で胸や腰を撫でられると、ユウトの身体も自然と熱くなってきた。

「駄目だ、ロブ」

「俺を拒まないでくれ。君を思いきり愛したいんだ……」

切なげに懇願されると、嫌でも心がぐらついてしまう。駄目だと思うのに、今だけ何もかも忘れて、ロブの腕に身を任せたいという欲望が頭をもたげてくる。

ジェシカと踊るディックの姿が、頭の隅にこびりついて離れなかった。冷たい態度で自分を無視し、ジェシカばかりを見ていたディック。まるでユウトに見せつけているようだった。

そんな男ではないとわかっていても、ディックとて生身の人間だ。敵同士になっても憎しみ合うことはないと言ってくれたが、行く先々に現れては自分の邪魔をしようとするユウトを、心の底では邪魔に感じているかもしれない。

悪い想像はいくらでも膨れあがっていく。比例するように後から後から湧いてくる、言葉にし難いネガティブな感情は、理性で容易《たやす》く抑えきれるものではなかった。

自分はこんなにも傷ついているのだから、少しくらい逃げてもいいんじゃないのか。疲弊しきった壊れそうな心がそう囁いてくる。

ロブならきっと、優しく包み込んでくれるだろう。ほんのひとときの時間、ロブに身も心も預け、優しい愛撫で傷口を癒やしてもらう。それくらい、罪にはならないはずだ。

口腔を掻《か》き乱すロブの熱い舌が、弱ったユウトを強く誘惑する。二度目のキスだとは思えないほど、彼の唇はユウトのそれにしっくりと馴染《なじ》んでいた。

自分からロブを抱き締め、もっと激しいキスをねだれば引き返せなくなる。きっとふたりはもつれ合いながらベッドに倒れ込んで、刹那《せつな》の欲望に深く溺《おぼ》れていくはずだ。

――それでいいのだろうか。自分は後悔しないでいられるだろうか。

甘い奔流に流されそうになりながらも、ユウトは必死で踏み止まった。

ロブのことは好きだ。その好意は今のところ友情の範囲内に収まるものだが、自分の気持ち次第で一線を越えることは難しくないとわかっている。恐らくロブとなら、微塵《みじん》の嫌悪感もなくセックスができるだろう。

けれど一度だけ抱き合って、その後でふたりはどうなる？　ロブは大人だから、きっと明日にはもとの友人の関係に戻って、これまで通りの態度で接してくれるだろう。ユウトも上辺では何もなかったような顔ができるに違いない。

だが言いようのない気まずさは消えはしない。ユウトがロブの気持ちを丸ごと受け止められない限り、この先ずっと心の中に残り続けるのだ。

ロブの優しさはいつも心地よすぎて、つい甘えたくなる。けれど今は駄目だと思った。拒絶してロブを傷つけることになっても、友人としての彼を尊敬するからこそ、安易に流されるわけにはいかない。

シャツのボタンを外そうとするロブの手を、ユウトはそっと押し止めた。

「駄目だ、ロブ。やっぱり君とはできない」

「俺に触れられるのは嫌かい？」

「嫌じゃない。君はとても魅力的な男だ。もし君が俺にとってどうでもいい相手なら、今だけと割りきって寝ることもできただろう。だけど君は大事な友人だ。だからできない。後から気まずくなって、君との関係にヒビが入るのは嫌なんだ。とても自分勝手な理由だってわかってる。……本当にごめん」

ロブはユウトの肩に額を載せ、少しの間、苦痛に耐えるように身じろぎもしなかった。申し訳ない気持ちで胸がいっぱいになりながらも、ユウトは向き直ってロブの手を握り締めた。

「ロブ。俺は君のことがとても好きだ」

「ディックの次にだろう?」

表情を曇らせたユウトを見て、ロブは「ごめん」と自嘲《じちょう》の笑みを浮かべた。

「俺は嫌な男だな。……ちょっと外に出て頭を冷やしてくるよ。君は先に休んでて」

ロブはユウトの肩を叩くと、椅子にかけていた上着を手に取った。

何を言ってもロブの傷ついた心に塩を擦《す》り込むだけのような気がして、ユウトは悄然《しょうぜん》とした背中を黙って見送るしかなかった。

ロブは一度も振り向くことなく、静かな足取りで部屋を出て行った。

4

「あんたがレニックス?」

翌日、部屋にやって来たディケンスは、ユウトを見るなり意外そうな表情を浮かべた。

「ハイデンを手こずらせた割りには、えらくまともな面してるな。俺はまた人相のよくねぇ、ごつい奴だろうって勝手に想像してたぜ」

「期待に添えなくてすみません」

愉快そうに笑うディケンスに、ユウトは苦笑いした。意外なのはユウトも同じだった。ハイデンの友人なら、彼に似た気取ったタイプの刑事だろうと思っていたが、ディケンスは濃い無《ぶ》精髭《しょうひげ》を生やした、粗野な雰囲気を持つ男だった。

一応スーツを着ているがシワだらけ。身なりに人一倍気をつかうハイデンとはまったく正反対だ。けれど現場叩き上げのベテラン刑事といった感じがして、頼もしくも感じられた。

「先ほどは電話をありがとうございました。助かりました」

「あれくらい、お安いご用だ」

ディケンスの報告によると、マーキラディンに宿泊しているのはジェネラル・マーズの社長のピーター・ワッデルだけだった。部屋は最上階の一番高いスイートルームで、昨日と今日の二泊の予定らしい。

「もうひとつの頼まれごとなんだが、そっちはちょっと無理だった。ハウスキーパーがホテル側にばれるのを怖がっちまってな」

残念そうにディケンスが首を振った。ユウトは仕方がないと納得した。ディケンスは市警とは関係なく、個人的に動いてくれているのだ。ワッデルの部屋に盗聴器を仕掛けられないかという無茶な相談を、真面目《まじめ》に聞いてくれただけでも感謝しなくてはいけない。

「仕方ありませんよ。こちらこそ、無理なお願いをして申し訳ありませんでした」

ユウトの隣でロブが謝罪すると、ディケンスはなぜかニヤリと笑った。

「でもな、いいアイデアを思いついたんだ。要は室内の会話が聞けりゃあいいんだろう？　こっちのほうが安全でリスクも少ないぞ」

ユウトとロブは顔を見合わせた。ディケンスは何を思いついたのだろう。

「ワッデルが泊まってるスイートルームの隣の部屋は、内装工事の予定が入ってて、来週まで宿泊客がいないんだ。今日は工事の予定もなく部屋はもぬけの殻だ。ってわけで、これを使えば隣室の会話が盗み聞ける。いいアイデアだろう？」

ディケンスがカバンから取りだしたのは、コンクリートマイクだった。確かにこれがあれば隣室の音声を聞くことができる。

「電波を飛ばして離れた場所で聞けるタイプのもあるが、慎重な相手だと事前に盗聴発見器でチェックされる恐れもある。これは直にマイクを壁に当てて聞くタイプだから、発見器に引っかかることもないぞ」

ユウトがその方法でやってみると答えると、ディケンスは「よしよし」と頷き、さらに隣室の部屋のカードキーを出してきた。

「悪いが、俺にできるのはここまでだ。後は自分たちで頑張ってくれ」

腰を上げたディケンスに礼を言い、ユウトはドアのところまで見送りに出た。

「ハイデンも本当はあんたと同じ気持ちなんだ。まあ、ちょっとばかし欲が強いから、長いものにすんなり巻かれちまう男だがな。でも、あいつの悔しさだけはわかってやってくれ」

ユウトはさり気なくハイデンを庇うディケンスを、いい男だと思った。

「ハイデンの友人とは思えないね。彼とは全然、気が合わなそうなのに」

ディケンスが帰ると、ロブが納得できないといった口調で言った。

「そんなの当人同士にしかわからないだろ。正反対のタイプだからこそ、意外とウマが合うのかも知れないし」

ロブは「そうかな」と首を捻《ひね》りながら、ベッドの上に腰を下ろした。ユウトはいつも通りの態度を見せるロブに感謝しながらも、同時にいたたまれない気分を味わっていた。

昨夜、ロブが部屋に戻ってきたのは明け方近くだった。寝ずに自分を待っていたユウトを見て、ロブは心配をかけて悪かったと謝り、ＣＪと一緒に飲んでいたことを明かした。あちこち引っ張り回されて困ったよ、と疲れたように笑っていたが、彼の息からアルコールの匂いはまったくしなかった。ヤケ酒を呷《あお》ることすらできなかったのだろうかと思うと、切なすぎて胸が痛くなった。

「そうだ。ちょっとテストしてこよう」

ロブがコンクリートマイクを手に持ち、勢いよく立ち上がった。

「テスト？」

「ああ。この盗聴器でちゃんと音声が拾えるか、隣室で実際にチェックしてくるんだ。何、大丈夫さ。宿泊客みたいな顔で出入りすれば、誰にも怪しまれない」

確かに事前に試しておいたほうが安心だった。ユウトはコンクリートマイクの使い方を、手短に説明した。

「このキャップみたいなのが音を拾うブラスマイクだ。聴診器みたいに壁に当てて使えばいい。付属のイヤホンはここに差して。音が聞こえ始めたら、こっちのリミッターのダイヤルを調整して、一番聞きやすい帯域を探すんだ」

「オッケー、簡単だね。なんだか、スパイ映画みたいでワクワクするぞ」

ロブはオモチャを手に入れた子供のような明るい顔で部屋を出て行ったが、無理をさせている気がしてユウトの心は晴れなかった。しかしロブが何もなかったような態度を示してくれている以上、ユウトも憂鬱《ゆううつ》な顔は見せられない。

三十分ほどで帰ってくるだろうと思っていたが、ロブは一時間が過ぎても戻ってこなかった。何かあったのかと心配になったユウトが、携帯に手を伸ばしかけた時、ドアが開いた。

「遅かったから心配したよ。何かトラブルでもあったのか？」

「いや。問題なし。すごくよく聞き取れたよ。このマイクの性能はたいしたもんだね」

ロブはレポート用紙を取りだすと、ペンで隣室の間取りを書き始めた。

「入ってすぐの部屋の右側、このあたりの壁が一番聞きやすかった。壁の向こう側はリビングルームになっているようだ。来客中だったみたいで、ワッデルと客の会話の一部始終を聞くことができたよ。マイクは持ち歩かないほうがいいかと思って、クローゼットに隠してきた」

「そうか。後はマニングとイーガンが、ワッデルの部屋で会合を持つことを祈るばかりだな。タイミングとしては、やっぱりパーティが終わってからかな？」

「マニングが遅れて来るなら、多分そうなるだろうね。――おっと、ちょっとごめん」

ロブの携帯に電話がかかってきた。相手はジェシカのようだ。愛想よく返事をして電話を切ると、ロブは言いづらそうに口を開いた。

「ジェシカがパーティの前に、ラウンジで一緒にお茶でもどうかって。俺は行くって答えたけど、ユウトはどうする？　もし嫌ならパーティが始まってから会場で合流してもいいけど」

当然、ジェシカの隣にはディックがいるはずだ。ユウトはほんの一瞬、どうしようかと悩んだが、これ以上個人的感情を優先させてはいけないと思い、自分も行くと答えた。

「じゃあ、そろそろ準備しようか」

　ふたりはそれぞれタキシードに着替え始めた。ＣＪが用意してくれたのは、ショールカラーのオーソドックスなタキシードだ。他にスタンドカラーシャツ、サスペンダー、同じ素材でできた黒い蝶ネクタイとカマーバンド、ポケットチーフ、エナメルのオペラパンプスといった、夜の正装として必要なものはすべて揃《そろ》っている。

「あれ……？」

　カマーバンドを腰に巻き、背中に腕を回してフックを留めようとしたが、金具が上手《うま》く引っかからない。手こずっていると、ロブが手助けしてくれた。

「君って案外、不器用なんだな。ほら、できたよ」

　背中をポンと叩かれた。優しい手だと思った瞬間、不意に胸がいっぱいになった。ユウトは身体を返してロブを見つめた。

「何？　どうしたんだい？」

　明るい茶色の瞳を無言で覗き込む。ロブはちょっと困ったような顔で、ユウトのまっすぐな視線を受け止めていた。

「ロブ。……ありがとう」

　言いたいことはたくさんあるはずなのに、結局そんな言葉しか出てこなかった。ロブは「なんだよ、改まって」と笑い、ユウトに上着を手渡した。

「カマーバンドを巻くくらい、どうってことないよ。君がどうしてもって頼むなら、ブラジャーだって留めてあげる」

「頼まないよ、そんなこと」

ユウトは苦笑しながら上着を受け取り、袖に腕を通した。

くだらないジョークもロブの思いやりなのだとわかっている。笑いを持ち込むことで、昨夜の出来事はもう気にするなと言ってくれているのだ。

ロブがいつでも明るいのは、単に性格が陽気だからではない。どんな状況にあっても、できるだけ深刻な雰囲気にならないよう常に努力しているのだ。それが対人関係における、彼なりのポリシーなのだろう。頭の良さはロブの長所のひとつではあるが、人柄の魅力には敵《かな》わない。

最後の仕上げとして胸ポケットに白いポケットチーフを差し込むと、ロブは満足そうにユウトを眺め、「完璧だね」と褒め称えた。

「腕を組んでエスコートしたいくらいだ」

「それは謹んで遠慮するよ」

ふたりは気持ちの通じ合った笑顔を交わし、部屋を出た。

ロビーに降りてラウンジに足を向けると、ディックとジェシカは先に着いていて、窓際の席でコーヒーを飲んでいた。ディックはユウトたちと同じタキシード姿で、ジェシカは光沢のあるワインレッドのイブニングドレスに身を包んでいる。髪もアップしていて華やかだった。

「ハリウッド女優も裸足《はだし》で逃げだしそうなすごい美女がいると思ったら、ジェシカ・フォスターじゃないか！」

褒め上手のロブは大仰な賛辞を口にして、ふたりのいるテーブルに着いた。椅子に座ってからも、ロブはあからさまにジェシカに見とれていた。芝居とわかっているが感心してしまう。ディックといいロブといい、本当にゲイなのか疑わしく思えるほどだ。

「こんな美女をエスコートできるスティーブが羨《うらや》ましいよ。なあ、スティーブ。会場に入る時、ほんの十分でいいから、ジェシカと腕を組んで歩かせてくれないか？　頼むよ。それくらい構わないだろう？」

ロブが懇願すると、ディックはゆっくりジェシカを見た。君はこの失礼な男と一緒に歩きたいのか、と言っているような棘のある視線だったが、ジェシカは鷹揚《おうよう》に微笑んだ。

「ちょっとだけならいいでしょう？　ロブは友人なんですもの」

「……君がそう言うなら」

ディックが不機嫌そうに答えると、ジェシカはヤキモチ焼きの恋人を持つと困るわ、と言いたげに、ロブとユウトに軽く肩をすくめて見せた。

ロブとのことがあったせいか、今日は昨夜とは違って私情を交えず、冷静にふたりの様子を観察することができた。ディックは完全にジェシカの性格を把握して、彼女の気持ちをコントロールしている。ジェシカは事件の主要人物たちと深い繋がりのある女性だ。そんな彼女から、ディックは一体どれだけの情報を引きだしているのだろうか。

「もう受付の始まる時間だから、会場に向かおうか。……さあ、ジェシカ。約束だよ?」

ロブが手を差しだすと、ジェシカは苦笑混じりで立ち上がった。ロブとジェシカが腕を組んで歩きだしたので、ディックとユウトは自然とその後ろを並んで歩く格好になった。ロブたちは楽しげに会話しているが、ユウトとディックは言葉もなく終始無言だった。

七階にあるパーティ会場には、すでに多くの招待客が集まっていた。きらびやかな装飾が施された大広間は、立食形式なら千人ほど入れそうだ。壁際に配置されたビュッフェには豪勢な料理が並び、たくさんのウェイターやコンパニオンがグラスを持って、歓談する客たちにグラスを配っていた。

ジェネラル・マーズはアメリカ国内のみならず、世界中にシェアを持つ大企業だ。設立五十周年という節目を飾るに相応《ふさわ》しい、盛大なパーティだった。

「すごいな。天井も壁もキラキラしてて、目がくらみそうだ。宮殿みたいだね」

ロブが感嘆の声を上げると、ジェシカは「本当ね」と笑った。

「来月、開催される国際サミットのレセプションパーティも、ここで行われるそうよ」

「へぇ。この大広間だったら、各国の首脳を招いても恥ずかしくないね」

「ロブ。あそこにワッデルがいるわ。よかったら、紹介してあげましょうか?」

ジェシカがさっそく、今夜のパーティの主役とも言うべき、ピーター・ワッデルを見つけた。

ワッデルは恰幅《かっぷく》のいい初老の男で、周りには彼を囲むようにたくさんの客が群れていた。

「俺なんかが割り込んで挨拶したら、ワッデルと言葉を交わしたくてあそこに並んでいる、紳士淑女から大顰蹙《ひんしゅく》を買いそうだ。君は知り合いだから、行っておいでよ」

「じゃあ、また後でね。行きましょう、スティーブ」

ジェシカはディックを連れ、人ごみを掻き分けながら去っていった。

「気位の高い女性のご機嫌を取るのは、まったく骨が折れる。ディックはよくやってるな」

やれやれといった表情で言うと、ロブは疲れたように首を回した。

「ロブもディックも立派な結婚詐欺師になれる」

「おいおい。そりゃ、ひどい暴言だぞ。俺だってものすごく無理してるんだから。……ん? 見ろよ、ユウト。ワッデル詣でにイーガンも参加したぞ」

ロブに言われて振り向くと、ワッデルの隣にスミス・バックス・カンパニーのイーガンが立っていた。親しげに顔を寄せて、話し込んでいる。

「役者のふたりが揃ったな。もうひとりの主役は、いつご登場だろう」

ジェシカの言った通り、マニングはやはり遅れて来るようだ。

しばらくするとセレモニーが始まり、ワッデルが壇上に上がった。ワッデルのスピーチは少々長くはあったが、静粛な態度を保ちながらも、時々会場を湧かせる程度の適度なユーモアがちりばめられており、パーティ客にはおおむね受けがよかった。大きな拍手に堂々とした態度で手を振る姿は、企業の社長というよりは、オスカーを手にしたベテラン俳優のようだった。

「すごいパーティだな。政財界の大物がごろごろいるぞ。特にネオコンの政治家が軒並み顔を揃えている」

ロブはあちこちに視線を配りながら、客の顔ぶれを興味深げにチェックしている。ユウトはワッデルの姿を追っていたが、急に会場の入り口のほうが騒がしくなった。ざわめきと同時にまばらな拍手まで聞こえてくる。

「なんだろう。すごい有名人でも来たのかな?」

ロブと一緒に注目していると人の海が自然と二手に分かれ、その間からひとりの男がモーゼのように現れた。年の頃は五十代前半。若い頃はかなりの美男子だったろうと思わせる、見栄えのいい風貌《ふうぼう》をしていた。周囲の視線を集めているのに、なんの気負いも感じさせない自然な笑顔を浮かべ、スマートな身のこなしで会場内を進んでいく。

「やっと主役のご登場だね」

ロブの言葉にユウトは無言で頷いた。彼こそがビル・マニングだった。選挙戦の報道が過熱する中、テレビのニュース番組には毎日のように彼の顔が映しだされている。

「ワッデルのところに挨拶に行ったぞ」

マニングとワッデルが握手を交わしている。ことさらにこやかに挨拶し合うふたりの態度は、いささか芝居がかって見えた。マニングにとって相手は義父であり、ワッデルにとってマニングは娘の夫だ。身内なのにやけによそよそしいのは、選挙戦を控えてのポーズだろうか。

「やっぱり、三人はパーティの後で話し合いの場を持つみたいだね」

自信ありげにロブが言い切った。根拠となるべき理由は、教えてもらわなくても大体察しがついた。三人とも妻帯者にもかかわらず、このパーティに自分の妻を同行させていない。こういう場には普通、着飾った妻を伴い、夫婦揃ってやってくるものだ。特にマニングはイメージ戦略的にも、ワッデルの娘でもある妻を自分の隣に立たせて、仲睦まじい様子を披露しておくに越したことはない。

「しかし、客観的に見るとすごい光景だね。政治さえ牛耳ってしまう軍需企業と石油企業が結婚して、その申し子として生まれたのがマニングってわけか。やっぱり彼という存在は、一種の化け物なのに違いない」

ロブは「ちょっとそばまで近づいて、偵察してくるよ」と囁き、人の隙間《すきま》を縫ってマニングたちに近づいていった。

ユウトは離れた場所から、マニングをよく観察した。確か彼は五十二歳になるはずだが、隣にいるイーガンと同じで非常に若々しく、さらには誠実そうに見える。爽やかな笑顔にあっさり魅了されてしまう人間も少なくはないはずだ。政治家にとって見た目の印象というのも重要だが、その点においてマニングは非の打ち所がなかった。

白い歯を見せて笑っているマニングに、ある老人がおぼつかない足取りで近寄っていくのが見えた。少し腰の曲がった白髪の男性で、小さな丸いサングラスをかけ、短めの杖《つえ》を突いている。鼻と顎の下には、真っ白な立派な髭がたくわえられていた。

マニングは老人に何か話しかけられ、丁寧に頷いていた。選挙への応援の言葉でも聞いているのだろう。老人は大袈裟な身振りでしばらく喋っていたが、最後には何度も頷いて、ようやくマニングのそばから離れた。

老人がこっちに近づいてきて、ユウトのそばを通りかかった。すると壁際に立っていたユウトに目を向け、不意にニコッと笑いかけてきた。サングラスをかけているので、表情のすべてはわからないが、老人のシワだらけの顔は嬉しそうだった。

ユウトのそばには誰もいない。明らかに自分に対しての笑顔だった。無視するのもはばかられ、ユウトは仕方なく小さく頭を下げたが、内心では絡まれたら困るな、とやや逃げ腰だった。孤独な老人というのは自分の話を聞いてくれそうな人間を見つけると、長々と話し込んでくる傾向がある。暇を潰している時ならボランティアだと考えて聞き役に回ることもできるが、今は困る。こっちに来ないで欲しいと願っていると、ユウトの気持ちが通じたのか、老人はまた杖を突きながら歩き始めた。

軽く安堵《あんど》した時、ロブが戻ってきた。ちょうどタイミングを合わせたかのように、ディックとジェシカのふたりもその場にやって来た。

「ねえ、ロブ。あそこのビュッフェの前にラルフ・ハミルがいるの。あなた、彼と知り合いだったわよね。よかったら紹介してもらえない？　今、提出を検討中の法案に、ぜひとも専門家である彼のアドバイスが欲しいのよ。お願い」

ジェシカが熱心な態度でロブにせがんだ。ジェシカたちロビイストにとって、こういったパーティはただの社交場ではなく、手持ちのコネクションを増やす絶好のチャンスだ。

「いいよ。行こう」

「ありがとう。スティーブはどうする？」

「俺は疲れたから、アランとここで待ってる。行っておいで」

ジェシカは「そうするわ」と頷き、ロブと一緒にまた人ごみの中に紛れ込んでいった。

ふたりきりになるのは気が重かったが、この場から逃げるわけにもいかない。何も感じていないような顔で立っていると、ディックが通りがかったウェイターを呼び止めた。トレイの上からシャンパンの入ったグラスをふたつ取り、ごく自然な態度でひとつを差しだしてくる。

「……ありがとう」

ユウトは落ち着かない気分でシャンパンに口をつけた。無表情に招待客たちを眺めているディックの横顔を、チラチラと盗み見る。

眩《まばゆ》いシャンデリアの下に立つ、タキシード姿のディックはとても美しかった。完璧なスタイルを誇る身体に、男っぽさと甘さが入り交じった端麗な顔。整えられた茶色の髪と理知的な雰囲気の眼鏡がインテリジェンスなムードを加味し、それがまた大人の男の色気に繋がっている。

けれどユウトにはデニムの囚人服を来た頃のディックのほうが、ずっと何倍も魅力的だった。みんなと同じ服を着ていても、ディックは周囲に埋もれたりせず、いつもひとり独特のオーラを放っていた。ただ見た目がいいからではなく、存在そのものが特別だったのだ。

刑務所にいた頃のディックを思いだした瞬間、不意に胸を締めつけられるような強烈な懐かしさに襲われ、ユウトの心は瞬時に過去を彷徨い始めた。

狭い監房の大半を占めるベッドの上に、無造作に髪を束ねたディックが座っている。長い足を持てあますように床に投げだし、黙々と本を読む姿。小さな窓から差し込むわずかな光が彼の頭に当たるたび、くすみのない金髪は金糸のような輝きを放っていた。

劣悪な環境にありながら、ディックはいつもひとり超然としていた。心の中には激しい憎悪や怒りを抱えていたはずなのに、孤高とストイックさを感じさせる姿は、どことなく世俗の垢《あか》にまみれていない修道士のようだった。

それはある意味、間違った印象ではなかったのだ。修道士が神にその一生を捧げるように、ディックは復讐という名の神に、自分のすべてを捧げ続けていたのだから。

あの頃はこんな悪夢のような日々が早く終わればいいと願っていたが、今となってはディックと過ごした日々が、かけがえのない貴重な時間だったと思えてくる。

ユウトは苦々しい気持ちでディックの横顔から目を背け、馬鹿げた感傷に浸るのはよせ、と自分に言い聞かせた。別にあの頃に帰りたいわけではないのだ。ディックのそばにいられるだけで満足できるなら、こんな苦しい道は選択していない。

「ロブと同室らしいな」

ディックが顔を前に向けたまま話しかけてきた。短い質問だったが彼の口調から、それがミユラーではなく、ディックとしての問いかけだということはすぐわかった。

「そうだけど。……なぜ？」

ユウトは戸惑いながら答えた。ディックはユウトの耳元に唇を近づけると低い声で囁いた。

「彼ともう寝たのか？」

「……っ」

思いもしない言葉をぶつけられ、ユウトは大きく目を見開いた。ディックはそんなユウトを翳《かげ》りのある暗い瞳で見つめた後、自分の望む答えを得て満足したかのように顔を背けた。

「ロブは俺と違って、思いやりがある。お前にお似合いだよ」

淡々とした声でとんでもないことを言われ、ユウトは思わず「おい」と声を荒らげた。

「どういうつもりなんだ？」

自分の気持ちを知りながら、なぜディックはこんなことを言うのだろう。嫌みなのか本気なのか、まったく見当がつかなかった。

「別に。思ったことを言ったまでだ」

まったく感情を読ませない抑揚のない声に苛立ち、ユウトはディックの手から乱暴にグラスを奪い取った。それをそばにいたコンパニオンの女性に押しつけるように預けると、空いた手でディックの腕を摑んだ。

「ちょっとこっちに来いよ」

ユウトはディックを引っ張って歩きだした。目立つ真似をしてはいけないとわかっていたが、怒りで頭の中が真っ白になり、いてもたってもいられなかった。

「なんの話だ？　俺とロブがどうしたって？」

廊下の突き当たりまで進み、人気のない柱の陰に入ると、ユウトはディックに向き直った。

「ユウト。俺に気をつかわなくていいんだ。お前がロブとつき合うことになっても、俺に口だしする権利はないとわかってる」

「いい加減にしろよ。俺とロブは友人だ」

「彼のほうはそう思っていない。お前にぞっこんなのは、見てればわかる。お前だってロブを憎からず感じているんだろう」

鋭く指摘され、ユウトは奥歯を嚙みしめた。一度はロブの情熱を受け入れそうになったのは紛れもない事実だから、ディックの言葉もあながち間違いではない。

ディックはなぜか同情するような眼差しを浮かべ、柱に手を突いた。

「そんな顔をするな。お前を責めているんじゃない。俺はお前の幸せを願っているだけだ。だからもし、お前さえその気なら彼と——」

急に言い淀《よど》み、ディックが苦しげに眉根を寄せた。

「いや、違う。お前の幸せを望んでいるのは本当だが、ロブのことを持ちだしたのは単に嫉妬してるからだ。……当然のような顔で、お前の隣にいる彼が憎かった」

ディックは消え入りそうな声で呟いた。その言葉を聞いた途端、ユウトの怒りはすべて霧散し、代わりには震えるほどの熱い歓喜が湧き起こった。嫉妬されている。それはディックが今もまだ変わらず、自分を想ってくれているという事実に他ならない。

「ディック、俺は——」

「駄目だ。何も言うな。今は聞きたくない」

素早くユウトの唇にひとさし指を当て、ディックは首を振った。

「どれだけ強く決意していても、お前の顔を見ると心が挫《くじ》けそうになる。……お前を誰より愛おしく思っているが、それと同じだけの強さで憎くも感じる」

悲しみをたたえた青い瞳を見ていると、何も言えなくなった。辛いのは自分だけではないのだ。いや、むしろディックのほうが何倍も苦しんでいる。自分が喋《しゃべ》るほど、その苦しみは増していくのだと思うと、沈黙を守らざるを得なくなった。

けれど吐きだせない気持ちが、喉元まで込み上げてくる。ディックへの愛しさで胸を塞がれ、息さえできなくなる。

いつしかユウトの目に光るものが浮かんでいた。ディックは寂しく微笑み、ユウトの目元をそっと撫でた。

「俺はいつだって、お前を泣かせてばかりだな。つくづく自分が嫌になる」

ユウトは口元を引き締め、強く頭を振った。

「俺はお前を幸せにしてやれない。それは最初からわかっていたことなのに、自分の身勝手でお前を求めてしまった。お前を悲しませる結果になると、知っていたのに……」

ディックは周囲に視線を走らせ、誰の目もないことを確認すると、唐突にユウトの身体を力一杯に抱き締めた。

「ディック……」

「すまない。少しの間だけ許してくれ」

謝罪の言葉が切なかった。ディックは己の決めた掟《おきて》を破って、自分を抱き締めているのだと思い知らされてしまう。俺の存在はディックを苦しめるだけなのか、と自分を責めたくなる。

「ユウト。お前は幸せになってくれ。それが俺の一番の願いだ」

優しい囁きだったが、内容は残酷だった。ディックは自分を忘れろと言っているのだ。

「無理だ。お前がいなきゃ、俺は幸せになんてなれない……っ」

もう黙っていられなくなり、ユウトはありったけの本音をぶつけた。

「お前を見失えば、ずっと心が引き裂かれたままだ」

「そんなことはない。俺のことなんて、時間がたてば忘れられるさ」

無責任な言い方が悔しかった。自分の気持ちを軽んじるような発言をするディックが、どうしようもなく憎らしい。いっそ嫌いになれたらと思うほどだった。

「勝手なこと言うなよ。お前を忘れたりできるもんか。お前だって、いまだに過去に囚われている。昔にだけ目を向けて生きてるじゃないか」

ディックは何も答えなかった。ユウトはもどかしさのあまり、ディックの胸を叩いた。だが何かの拍子で脇に手が滑り、拳に堅いものが触れた。

そこに灼熱《しゃくねつ》の塊があったかのように、ユウトはギョッとして手を引っ込めた。

「銃……?」

ディックはさり気なくユウトから身体を離した。

「銃ならいつも持っている」

それはそうだろうが、パーティ会場にまで用心深く携帯するのは変だと思った。ジェシカの目を盗んで、わざわざショルダーホルスターまで身につけているとなると尚更だ。あまりにもリスクが大きすぎる。

「ディック、なぜパーティに銃なんて——」

「俺は戻るが、お前は目が赤いからもう少しここにいろ。そんな顔を見せたら、ロブが何かあったのかと心配するぞ」

口調は優しげだったがディックの表情からは、さっきまで浮かんでいた寂しさの影がきれいに払拭《ふっしょく》されている。夢から覚め、現実に立ち返った鋼鉄の男の顔だった。

嫌な胸騒ぎを覚え、ユウトはディックに手を伸ばそうとした。しかしディックは逃げるように、一歩後ろに下がってしまう。

「ユウト。俺はもう今さら、未来に目を向けて生きることはできないんだ。俺の魂は仲間たちと一緒に死んだ。ここにいるのは、復讐のためだけに生きている亡霊だ」

ディックは喋りながら、少しずつ離れていく。

「……お前を愛したのは、俺の最大のミスだった」

いっさいの感情を殺した冷酷な目で、ディックがはっきりと断言した。胸に刃が刺さったような、鋭い痛みが駆け抜ける。

「亡霊に必要なのは愛じゃない。より強い恨みと憎しみだけだ。それさえあれば、死者のままいくらでも生きていける」

ディックはそう告げると、足早に立ち去っていった。呼び止めることも追いかけることもできず、ユウトは柱の陰に茫然《ぼうぜん》と立ち尽くすしかなかった。

5

気持ちが落ち着くまで、少し時間がかかった。ディックの言葉に胸を深く抉《えぐ》られ、さすがにすぐには立ち直れなかったのだ。

しかし冷静さを取り戻すと、自分だけの感情にかまけてもいられなくなった。ディックがあんなことを言ったのは、自身を奮い立たせるために違いない。目的を果たすため、甘い感傷に浸りたがる自分を、あえてユウトの前で切って捨てたのだ。

ディックの本心はわかった。彼はユウトを拒否したのではない。愛情を求めたがる自分の弱い心を、激しく拒絶したのだ。愛の代わりに、この胸に抱えきれないほどの憎悪を――。そう全身で叫んでいた気がする。

痛々しく傷ついた孤独な魂が、コルブスだけを追い求めてこの世を彷徨《さまよ》っている。その姿は確かに天国に行けない死者の姿に似ているが、ディックは亡霊なんかではない。捨てきれない執念こそが亡霊なのだ。その気にさえなれば、彼は自由に未来を生きられる男だ。

ユウトは一刻も早くコルブスを捕まえなくては、と焦燥感を募らせた。ディックにはコルブスを殺させない。コルブスの命が尽きる時、それはディックが生きる理由を失う瞬間でもあるのだ。ユウトにディックの憎しみを消す力はないが、彼が破滅へとまっすぐ突き進んでいるのがわかる以上、たとえ憎まれても行く手を阻まずにはいられない。

パーティに戻ろうとした時、ユウトの目にある集団が飛び込んできた。信じられない光景を目の当たりにして、ユウトの足が止まった。

そこにいたのは、マニングとワッデルとイーガンだったのだ。数名のガードに囲まれ、和やかなムードで談笑しながらパーティ会場を後にしようとしている。パーティはまだ当分終わらない。三人揃《そろ》って帰ってしまうはずもなく、一時的な退出であることは誰の目にも明らかだった。

ユウトは直感した。今からワッデルの部屋に行って、話し合いの場を持つのだ。

三人の姿がエレベーターに消えた後、ユウトも迷わず次のエレベーターに乗り込んだ。上昇する箱の中から、ロブの携帯に電話をかけたが応答はない。仕方なくユウトは携帯をマナーモードに切り替えた。隣室で盗聴している時に着信音が鳴るのは困る。

最上階に到着すると、ユウトは人気のない廊下をゆっくりと歩いた。カードキーを手でもてあそびながら、宿泊客を装って目的の部屋を探し当てる。ワッデルのスイートルームは一番奥まった場所にある角部屋で、ドアの前には黒服のガードがふたり立っていた。

ユウトは何食わぬ顔でゆっくりと隣の部屋に入った。ドアを閉めた途端、俊敏な動きでクローゼットの前に走り寄る。扉を開けると、隅にコンクリートマイクが置かれてあった。

どのあたりがいいだろうと壁を眺めた時、白い壁にペンで薄く書かれた『R』の文字を見つけた。ロブの仕業だ。ユウトは笑みを浮かべて耳にイヤホンをセットすると、その位置にブラスマイクを押し当てた。高性能のマイクは隣室で交わされる三人の会話を、瞬時に拾い始めた。

「あの男は大丈夫なのか？　すぐボロを出すんじゃないのか」

「ご心配なく。犯人にしか知り得ない情報を持っている限り、ＦＢＩもしばらくは余計な真似ができないでしょう」

最初に喋《しゃべ》ったのがワッデルで、それに答えたのは恐らくマニングだろう。

「まったく、君も余計なことをしてくれたよ」

これはイーガンだった。声には多分に苛立《いらだ》ちが含まれている。

「どうして部下にロブ・コナーズを襲わせたりしたんだ。しかも私の名前を使って。まったくいい迷惑だよ。ＦＢＩが私のところにまで聞き込みに来たんだぞ」

やはりユウトとロブが襲われたのは、マニングの仕業だったのだ。そして最初にワッデルが言った『あの男』とは、犯人を名乗り自首してきたジョン・ベイカーのことに違いない。

「あのコナーズという教授は、連続爆破事件でＦＢＩに捜査協力をしている男だ。東洋人の助手がいただろう？　あれは恐らくＦＢＩの捜査官だ」

マニングの答えに、イーガンが「なんだって？」と声を張り上げた。

「君はＦＢＩにマークされていたんだよ。私が犯人を仕立て上げていなければ、今でも身辺を見張られていたんだぞ。少しは用心してくれ」

あくまでも落ち着いた声で、マニングが淡々と答える。

「……ビル。悪いが私はもう奴の面倒を見られないぞ。いくらFBIに狙《ねら》われなくなったとしても、奴は存在そのものが危険なんだ。早いところ、奴の身柄を引き取ってくれ」

吐き捨てるようにイーガンが言った。『奴』という言葉がコルブスを指しているのは明白だった。ユウトとロブが推理した通り、コルブスを匿《かくま》っているのはイーガンだったのだ。

「ジャック。そう言わないでくれ。あれのお陰で君も会社も潤ったはずだ。あの暴動後、すべての重警備刑務所で警備強化が図られた。刑務所運営もセキュリティ関連事業も、莫大《ばくだい》な利益を上げただろう。特にセキュリティ部門の株価上昇はすごかったじゃないか」

マニングの柔らかい声には、どこかイーガンを見下すような響きがあった。

「あれはまだまだ使い道のある男だ。もう少し預かっていてくれ」

「ビル。ジャックの言う通り、奴は危険すぎる。そろそろ始末してもいいんじゃないのか」

ワッデルが重々しく呟《つぶや》いた。

「奴は頭のいかれた男だが、馬鹿ではない。二年前、サウスカロライナの山荘で軍に襲われたあの出来事も、裏でお前が仕組んだことだと気づいているんじゃないのか。あいつが勝手な行動を起こすようになったのは、あの事件があってからだ」

「ご心配には及びません。何があろうと、あれは私を裏切れない。そういうふうに育て上げたんですからね」

「だったら連続爆破事件も、もうやめさせろ。国民のテロアレルギーを煽《あお》ることで、政府にも我々にも十分な成果はあった。お前も今は大事な時だろう。奴がこれ以上動けば、面倒なことになる」

「わかってますよ。万が一あれを制御できなくなった時は、責任を持って私が始末します」

あっさりと断言するマニングに、ユウトは激しい嫌悪を感じた。彼にとってコルブスでさえも捨て駒なのだ。紳士的な顔の裏に、とてつもなく冷酷な顔を隠し持っている。

「CIAのほうはどうなってる。まだ奴を探しているのか」

「そのようですね。まったく執念深い連中ですよ」

苦笑混じりに答えたマニングを責めるように、ワッデルが苦々しく言った。

「笑い事ではないぞ。お前は昔からCIAの恨みを買っている」

「CIAはもう終わりですよ。一連の改革で完全にペンタゴン（国防総省）の支配下に組み込まれてしまった。今や長官でさえ、大統領に直接接することもできない。そんな組織は恐れるに足りないでしょう」

「確かにCIAの長官を軍人に変えたことで、我が国の主要な課報《ちょうほう》機関はすべて軍人が牛耳ることになった。CIAの弱体化はこちらの狙い通りだが、彼らも存続の危機に瀕して必死だ。お前に一矢報いようと、なりふり構わず機会を狙っているぞ」

マニングは「ご忠告感謝します」と、ワッデルの言葉を軽く受け流した。義父のワッデルに対しても、マニングの態度は尊大だった。

「ところでビル。ガナックスがコロンビアの麻薬栽培地で、あらたな薬剤空中散布計画を展開すると聞いたが、実際はどうなんだ」

「その方向で準備が進んでいるようですね」

ガナックス——。軍事関係の大手人材派遣会社だ。アメリカ軍から業務を委託され、紛争地域などの治安維持活動に携わっているが、余剰武器を消費するためにつくられた会社だとか、退役軍人の受け皿だとか、あまりいい噂《うわさ》は聞かない。

「だったら、うちの最新式軍用ヘリを十機ほど購入させろ。性能的にはブラックホークと同クラスだが、価格は抑えめだ。撒布《さんぷ》ヘリの護衛にはもってこいだぞ」

「わかりました。話をつけておきます。私の兄の会社でも、コロンビアに新しいパイプラインを引く計画を立てています。ガナックスに警備を頼むことになるでしょうから、嫌とは言わないはずです」

「頼んだぞ。……このところ中東でも大きな動きが見られないし、困ったものだ。そろそろ在庫を一掃するためにも、新しい戦争でも始めてもらわないとな。大統領に私が嘆いていたと伝えてくれ」

驚くよりも呆《あき》れる内容だった。彼らは雑談を交わすような気軽さで、政策を左右するほどの謀略を練っている。

しかし、ものすごい収穫だ。コルブスを裏で操っているのは、間違いなくビル・マニングであり、彼の身柄はイーガンに預けられている。すべての疑惑は事実へと変わったのだ。FBIの方針に逆らって、NYまで来た甲斐《かい》はあった。

「叔父さん。そろそろパーティに戻りましょう。今夜の主役なんだから、あまり長いこと姿を消しては顰蹙《ひんしゅく》を買いますよ」

イーガンの言葉にワッデルが「そうだな」と答えた時、誰かの携帯が鳴った。

「――私だ。ああ、お前か」

マニングが誰かと会話を始めた。彼はあまり喋らず短い相槌《あいづち》を打っていたが、電話を切った後で思いがけないことを言いだした。

「ピーター。少しだけ、この部屋をお借りできませんか？　急に人と会うことになりました」

「構わんが、相手は誰だ？」

マニングは古い友人だと答えた。ワッデルとイーガンは先にパーティに戻ることになり、マニングだけが部屋に残された。

誰と会うのか気になり、ユウトはさらに盗聴を続けた。しばらく待っていると、ノックの音が聞こえた。マニングが応対に出る気配と、連れ立ってリビングに戻ってくる気配は感じられたが、不思議なことに声は聞こえない。

「まったく。お前には驚かされるよ。そのふざけた格好はなんだ？　仮装パーティと間違っているんじゃないのか」

マニングが呆れ口調で言った。くだけた態度から、相手は親しい人間だとわかる。

「結構似合うだろう？　パーティは好きだ。呼ばれなくても来るくらいにね」

訪問客が答えた。第一声を聞いて、ユウトは緊張を高まらせた。

――似てる。あの男の声に。

「それに久しぶりに、あなたの顔も見たかった。最近、テレビではよく見るけど、それだけじゃ我慢できなくてさ。……ああ、でもあなたは俺に会いたくなかったかな？」

男がくすくすと笑った。ユウトは確信した。これはコルブスの声だ。間違いない。

「何を言ってる。俺もお前のことはずっと気になっていたんだ。久しぶりに会えて嬉しいよ」

ついさっき、邪魔になればコルブスも始末すると言っていた人間と同じとは思えないほど、マニングの声はとても優しくて誠実そうだった。ユウトは心の中で、誰か彼にもオスカーを渡してやれよ、と皮肉を呟いた。

「久しぶりに、あっちに帰ってくるよ。部下たちのことも気になるし」

「そうか。それもいいかもしれんな。休暇だと思って、ゆっくりしてこい」

「うん。でも、俺はまたNYに戻ってくるよ。最高の花火を上げないといけないからね」

コルブスが楽しげに言うと、マニングの態度が一変した。

「まだそんなことを言ってるのかっ？　あれは中止だと言ったはずだ」

「俺は了承してない。計画通りにやるよ」

怒るマニングに、コルブスはあくまでも明るい口調で答えた。

「今は選挙中で一番大事な時期だ。騒ぎは困るんだよ」

「そんなに選挙で勝てるか心配なら、対抗してる大統領候補と副大統領候補を、俺が殺してやろうか？」

「コルブス……っ」

「冗談だよ。俺はそろそろ失礼する。迎えがやってくる時間だ」

コルブスの立ち上がる気配がした。マニングは無言だった。

「じゃあね、未来の副大統領さま」

からかうような言葉を残し、コルブスは部屋を出て行った。ユウトは急いでコンクリートマイクをクローゼットに戻した。当然、コルブスの後を追うつもりだった。

一呼吸置いてから、ユウトは廊下に出た。目の前の廊下には誰も歩いていない。コルブスはもう角を曲がったらしい。ユウトはエレベーターのある方向へと急いだ。

しかしエレベーターホールに繋《つな》がる長い廊下には、コルブスの姿はなかった。そのかわり、少し先をひとりの老人が歩いていた。パーティ会場にいた、あの白髪の老人だ。

ユウトはコルブスを見失い、気が動転した。すでにエレベーターに乗ってしまったのだろうか。それともまさか、非常階段で下りたか？

ユウトは仕方なくエレベーターで一階を目指すことに決めた。迎えが来ると言っていたから、入り口付近を見張っていれば、コルブスが現れるかもしれない。

だがその時、奇妙なことが起こった。老人が急にユウトを振り返ったのだ。老人はユウトを見つめながら、持っていた杖を床に投げだした。

「……？」

しかしその直後、ユウトは信じがたい光景を目撃して、息を呑《の》んだ。折れ曲がった背中がいきなりまっすぐになり、老人は難なく直立不動の姿勢を取ったのだ。それから老人はゆっくりと鼻の下に手を当てた後、おどけた仕草で万歳をした。

髭《ひげ》が跡形もなく消えた。あれはつけ髭だったのだ。さらに老人は両頰《ほお》に指を当て、まるでパックを剝《は》がすように自分の皮膚を引っ張り始めた。シワだらけの皮膚が消えると、その下からは若々しい肌が現れた。彼は老人などではなかった。まだ若い男が変装していたのだ。

雷に打たれたような衝撃を受け、ユウトの心臓が大きく跳ねた。

まさか……。まさか、この男が――。

男はいきなりユウトに背を向けて廊下を走りだした。ユウトは我に返り、急いで男の後を追った。だが廊下を折れたところで、忽然《こつぜん》と男の姿が見えなくなった。一瞬、どこかの客室に入ったのかと思ったが、スタッフオンリーのプレートがついたドアがわずかに開いていた。ユウトは従業員専用のフロアに迷わず飛び込んだ。

片側には清掃に使用されるワゴンが並んでいる。用心深く足を進めていくと、奥に従業員専用のエレベーターがあった。表示を見ると『P』の部分が点灯していた。屋上に逃げたに違いない。ユウトはすぐさま自分のいる階にエレベーターを戻し、屋上を目指した。

エレベーターのドアが開くと、そこは機械室を兼ねた塔屋になっていた。男の姿は見当たらず、屋外に通じるドアが大きく開かれている。ユウトは外に出て、周囲を見回した。申し訳程度の外灯しか設置されていないが、夜景の灯りで視界は悪くない。

そばにはいくつかの塔屋があったが前方のほうには何もなく、広大なスペースが広がっている。コンクリートの地面には『H』のマークが描かれているところを見ると、緊急用のヘリポートになっているらしかった。

あたりに視線を配りながら、慎重な足取りで建物の陰をひとつひとつ覗《のぞ》き込んでいく。ヘリポートに一番近い建物のそばに、何かが落ちていた。近づいてよく見ると、それは白髪のカツラだった。

「なかなか上手《うま》い変装だったろう？　マニングでさえ気づかなかった」

建物の向こうから男が姿を現した。男はサングラスを外し、ユウトに笑いかけた。

「久しぶりだね、ユウト。また会えて嬉しいよ」

親しげな微笑を浮かべているが、男の手には拳銃が握られている。

「……コルブス。やっぱりお前だったのか」

そこに立っているのは、紛れもなくコルブス本人だった。追っ手の影に怯《おび》えて隠れているならまだ可愛げもあるが、ふざけた変装をしてのうのうと公衆の面前に姿を見せるとは、どこまで神経の図太い男なのだろう。

「マニングに頼んで身代わりの犯人を用意させたから、ひと安心ってわけか」

「違うと言っただろ。マニングが勝手にやったことだ。嘘《うそ》じゃない。俺は反対したんだよ？ FBIが手を引けば、君とゲームが楽しめなくなる。君が俺を追ってこられるよう、せっかくいろいろヒントをあげたのに、全部台無しだ。……でも、またこうやって再会できた」

刑務所にいた時とまったく同じで、柔らかな笑い方だった。懐かしげに細められた目を見ていると、正体がわかっていても優しかったネイサン・クラークを思いだしてしまう。

「さっき、マニングたちの会話を盗み聞きしていたんだろう？ どうだった。新しい発見はあったかな？」

「ああ。収穫はあったよ。お前を陰で操っていたのは、やっぱりマニングだった。けどそのマニングは、邪魔になればお前も始末すると言っていたぞ。お前は彼に利用されているんだ」

コルブスはまったく動じず、「わかっている」と答えた。

「マニングはそういう男だ」

「利用されていると知りながら、どうしてマニングに協力するんだ」

「俺もまた彼の権力を利用しているからだ。つまりは、お互い様ってわけだよ。それより、ユウト。今夜のパーティには、もうひとりゲストがいるようだ。——そこにいるんだろう？　そろそろ姿を現したらどうだ」

コルブスはユウトの背後に向かって声を張り上げた。コルブスの視線を追うように首を曲げた時、建物の影からタキシード姿の男が現れた。

「ディック……」

ユウトは口の中で呟き、ゆっくりと近づいてくるディックの姿を凝視した。その手にはコルブスと同じで拳銃が握られており、いつでも撃てるよう引き金に指がかけられていた。

「随分と雰囲気が変わったね。そのほうが利口に見えるけど、俺は前のほうが好きだな」

ディックに激しい憎悪を向けられても、コルブスは久しぶりの友人と再会したように、場違いな明るい声で感想を漏らした。

「君がずっと俺の周辺を探っているのは知っていた。いつ会えるのかって、楽しみにしていたよ。まさかユウトも交えて三人で会えるなんてね。本当に今夜は素晴らしい夜だ」

ディックは無言のまま何も答えない。ユウトを挟んだ格好で、ふたりは視線を絡ませ合っていた。ユウトはディックの胸中を想像した。シェルガー刑務所を出て以来、初めての再会だ。コルブスを狙い続けてきたディックにとって、この日が来ることは悲願だったはずだ。どれだけ待ちわびていたことだろう。

ディックはコルブスがパーティに来ることを、知っていたのかもしれない。だからタキシードの下に銃を仕込んでいたのではないか。今夜、すべてのことにケリがつくとわかって——。

「まるで時間が戻ったみたいだ。あの時とまったく同じ状況じゃないか」

歌うようにコルブスが呟いた。刑務所での暴動の時のことを言っているのだ。あの時もふたりはユウトを挟んで対峙《たいじ》していた。

「そうだな。だが今度は失敗しない」

ディックが初めて言葉を発した。コルブスは可笑《おか》しそうに目を細めた。

「それは無理だと思うよ。だって、ここにはユウトがいるんだから。守るべき対象を抱えているほうが不利だってことは、戦闘における一般常識じゃないか」

突然、銃声が響いた。あまりにも突然で、どちらが引き金を引いたのか、最初ユウトには理解できなかった。

しかしディックの手から銃が落ち、さらには右腕を押さえているのを見て、コルブスが先制したのだとわかった。卑劣にもユウトを楯《たて》にして、ディックの利き腕を狙ったのだ。

「ユウトを真ん中に置いた形で、君には俺を撃てない。もし間違ってユウトを傷つけてしまったら、という恐れがあるからだ。最初から勝負はついていたんだよ」

コルブスが銃を構えたまま、ディックに近づいていく。落ちた銃を拾おうとしているのだと察し、ユウトは先手を打つため、無謀にも銃に飛びついた。右手で銃を掴《つか》むと地面で一回転して、しゃがみ込んだ体勢でコルブスに銃口を向けた。

「よせ、ユウトっ」

後ろでディックが叫んだが、ユウトはコルブスから狙いをそらさなかった。コルブスは自分に銃を向けながら立ち上がるユウトを見て、困ったような表情で首を傾けた。

「これは予想外な展開だ。その銃で俺を殺すのかい?」

「殺さない。捕まえてFBIに引き渡す」

「それは嫌だな。とても困るよ」

口ではそう言ったがコルブスは焦る様子もなく、のんびりと周囲を見回した。

「ねえ、ユウト。素晴らしい夜景だね。よかったら、この光の海をもっと高い場所から眺めてみないか。NY中の夜景を独り占めできる特等席に、謹んで君を招待するよ」

「戯《ざ》れ言《ごと》はよせ。コルブス、早く銃を下ろ——」

ユウトは口を閉ざし、耳を澄ました。どこからともなく異音が聞こえるのだ。しかもそれは少しずつ大きくなってくる。

「やっと迎えが来たようだ」

ユウトが音の正体に気づくのとほぼ同時に、コルブスの背後に突如、黒塗りの巨大なヘリコプターが出現した。

ヘリコプターはコルブスの上で急旋回すると、ヘリポートの中心部をめがけて急降下を開始した。UH－1、通称ヒューイと呼ばれるヘリコプターだ。

「ユウトっ。こっちに来い！　早く建物の中に逃げるんだ……っ」

ディックが背後で叫んだ。ユウトが動こうとした時、行手を阻むように足元を二発の弾丸が掠《かす》めていった。

「ユウト。どこに行くんだい？　今から楽しいランデブーの時間だよ」

近づいてくるコルブスに銃を向けたが、無駄な足掻《あが》きであることは一目瞭《りょう》然《ぜん》だった。ヒューイから降りてきた数名の男たちが、マシンガンを構えて走ってくる。標的はすでにディックとユウトに絞られている。下手に動けば撃たれるだろう。迷彩服に身を包んだ男たちの俊敏な動きは、明らかに訓練を積んだプロの軍人のものだった。

「東洋人のほうだけ連れていけ」

コルブスの指示を受け、彼らはユウトから銃を奪い取ると、背中で両手に手錠をかけた。その間、ひとりの男はディックの動きを封じるように、ずっと銃口を向け続けていた。

男たちがユウトを取り囲んで歩きだしたその時、ディックが動いた。自分にマシンガンを向けていた男に猛然と飛びかかったのだ。ディックは素手の一撃で男を殴り倒した。

獣のようにしなやかな動きだったが、右腕を負傷していたせいで、男からマシンガンを奪うのに少し手間取った。その隙《すき》をついたコルブスにまたもや発砲され、今度は足を撃ち抜かれてしまった。

さすがのディックも激痛に耐えきれず、咆哮《ほうこう》のような声を上げて地面に倒れ込んだ。腿《もも》の辺りから流れ落ちる鮮血が、地面を黒く濡《ぬ》らしていく。

「ディック！」

ユウトは激しく身をよじったが、屈強な男たちに押さえ込まれ、一歩もディックに近づくことはできなかった。それどころか倒れているディックから、どんどん引き離されてしまう。

「ディック……っ」

ユウトの叫びに答えるように、ディックがどうにか上体を起こした。端整な顔は苦しげに歪《ゆが》んでいる。二発の弾丸を受けたのだから、気絶していてもおかしくはない状態だ。

「ユウト……」

「大丈夫か、ディックっ。しっかりしろ！」

ヘリに連行されながらも、ユウトは必死で首を曲げてディックを振り返った。ふたりの間に立っていたコルブスが、ディックを見下ろしながら言った。

「ユウトは俺が預かっていく。彼を連れて、久しぶりに古巣に戻ってくるよ」

「コルブス……。ユウトは関係ないだろう。彼を返せ……っ」

憎しみに満ちた激しい目で、ディックが叫んだ。

「関係なくはない。彼は自分からこのゲームに参加したんだから。――ディック。次にどんな

カードが回ってくるのか、ダイスを転がしてなんの数字が出るのか、わからないからこそ楽しいんだ。最初から次の手がわかっているゲームなんてつまらないだろう？　一歩先がまったく読めないような、本気で身の破滅を予感するような、そんなゾクゾクするようなスリルのあるゲームを、俺と一緒に楽しもうじゃないか」

コルブスは部下に顎《あご》を振って、ヒューイにユウトを搭乗させた。スライド式の大型ドアは両側が開きっぱなしになっていて、部下たちも次々に乗り込んでくる。激しいローター音が響く中、コルブスもゆっくりとヒューイに近づいてきた。

キャビンのシートに座らされたユウトは、両側から押さえつけられながらも、夢中でディックの姿を探した。コルブスの向こうにディックを見つけた。ディックはよろめきながら、必死で立ち上がろうとしている。

「ディック……！」

ユウトの叫びに、コルブスが後ろを振り返った。血を流しながら、撃たれた足を引き摺《ず》るようにして歩いてくるディックを見て、コルブスは愉快そうに唇を引き上げた。

「たいした根性だな」

キャビンに飛び乗ったコルブスが、からかうようにディックに手を振った。

「ディック。ユウトを取り戻したければ、どこまでも俺を追いかけてくるといい。君ならまた俺を捜しだせるだろう？　かつて俺の盟友だった、あのディック・バーンフォードなら」

巨大な機体がふわりと浮き上がった。二枚ブレードが巻き起こす凄《すさ》まじい風を受け、ディックの身体が不安定に揺れる。

「ディック！」

飛び立っていくヒューイの中で、ユウトは身を乗りだして叫んだ。旋風にもみくちゃにされながら、ディックもユウトだけを見ている。

ディックが何か叫んだが、その声は轟《とどろ》く羽音にかき消され、ユウトのところまでは届かなかった。見つめ合うふたりの距離はどんどん伸びていく。

ディックの傷ついた姿は、眼下に広がる光の海の中へ、瞬く間に飲み込まれていった。

＊＊＊

「ボナハム。本当にアメリカに帰ってしまうんだね」

スーツケースに荷物を詰め込んでいると、ドアを開けて少年が入ってきた。いや、もう少年とは呼べない。今の彼は立派な青年だ。背丈だってとっくにボナハムを追い越している。

「前からそう言ってただろう。私ももう年だ。引退するのが遅かったくらいさ」

このキャンプで、これほど長く暮らすことになるとは思わなかった。高い報酬に魅力を感じ、三年もいれば小銭が貯まるだろうという軽い気持ちでやって来た。予想外に長く居着いてしまったのは金のためではない。この青年がいたからだ。

青年の辿《たど》るであろう悲惨な末路を見届けるのは、彼を異端に育てた自分の責任だと思っていた。しかし青年は希《まれ》に見る強運の持ち主だった。ごく普通の幸せな人生は身勝手な大人たちに奪われてしまったが、その代わりに間違いなく勝利の女神にだけは愛されている。

戦士として青年はすでに完成系の段階にあった。多種多様な武器弾薬の使い方をマスターしているし、あらゆる場面での戦闘展開をも熟知している。その判断力と統率力は、特殊部隊における指揮官レベルにまで達していた。

「アメリカに帰ったらどうするの？」

「のんびり過ごすよ。妹がフロリダに住んでるから、まずは訪ねてみるつもりだ」

ボナハムはスーツケースを閉じると、テーブルの椅子に腰かけた。

「……最近、忙しそうだな。あまりキャンプには帰ってこないが、何をやってる？」

青年は壁に背中を預け、「いろいろだよ」と微笑《ほほえ》んだ。

「ウィリーから頼まれる仕事は、たくさんあるからね」

彼がアメリカと南米を行ったり来たりしているのはわかっていた。あの男が用意したいくつもの偽造のパスポートを使い分け、仲間と共に汚い仕事に手を染めているのだ。

「アメリカにいることが多いんだろう？　あっちでの生活には慣れたか」

「まあね」

青年はボナハムの前に座ると、「寂しくなるな」と呟いた。

「ボナハムにはいろんなことを教えてもらった。とても感謝してるよ」

「礼なんていらない。それが俺の仕事だった」

青年から感謝されると胸が痛かった。ボナハムは懺悔《ざんげ》するような気持ちで、テーブルの上で手を組んだ。最後に謝って赦《ゆる》しを得たいという欲望に駆られたが、恐らく彼はなぜボナハムが謝るのか理解できないだろう。

「元気でな。お前のことは忘れないよ。死ぬまで覚えておく」

青年はなぜか困ったように苦笑した。

「じゃあボナハムは俺のこと、もうすぐ忘れちゃうんだ。悲しいな」

「なんだって?」

ボナハムは眉《まゆ》をひそめたが、次の瞬間、表情を凍りつかせた。青年がテーブルの向こうで拳銃を握っていたのだ。ボナハムの心拍数が一気に跳ね上がる。

「アメリカには帰せない。あなたはここで人生を終えるんだ」

「なぜだ? なぜ俺を殺そうとする?」

彼が自分を恨んでいるなら、仕方がないという思いもあった。けれど青年は小鳩のように首を傾け、邪気のない笑いを浮かべた。

「ウィリーの命令だ。彼があなたの死を望んだんだ」

あの男が自分を——。考えてみれば、あの慎重な男がボナハムを始末したがるのは当然かもしれない。ボナハムはあまりにも多くのことを知りすぎたのだ。

「お前に俺が殺せるのか? 俺はずっと昔からお前の面倒を見てきた。お前の父親代わりだった。なのにウィリーの言うことを聞くのか?」

ボナハムは臍《ほぞ》を噛む思いで、自分に向けられた銃口を見つめた。

「ウィリーの命令にのみ従うよう、俺を育てたのはあなたじゃないか。今さら何言ってるの」

青年の目にはかすかな笑い以外、何も浮かんでいなかった。殺意も決意もためらいも悲しみも、本当に何もない。

青年の言う通りだった。彼が幼い頃からあの男の名前を聞かせ続け、その心に絶対の忠誠心を植えつけてきたのはボナハム自身だった。幼い心理を巧みに操作してきたのだ。

「あなたには本当に感謝してるよ。でもここでお別れだ。さようなら、ボナハム」

ボナハムは悲しみの中で頷《うなず》いた。もう逃げだそうという気持ちも湧いてこない。とうとう天罰が下ったのだ。しかも一番相応《ふさわ》しい形で。

「……さようなら、コルブス」

ボナハムの別れの挨拶《あいさつ》に応《こた》えるように、青年が引き金を引いた。放たれた弾丸はボナハムの頭を打ち砕くと同時に、一瞬で彼の人生の幕を引いた。

6

――頭の芯《しん》が朦朧《もうろう》としている。

半覚醒《かくせい》の状態で、ユウトは自分のコンディションがベストでないことだけは理解していた。二日酔いになるほどロブと飲んだだろうか、とぼんやり考えてみる。けれど思考は緩慢に拡散していくばかりで、なかなかひとつのところに留まってくれない。床にぶちまけてしまった小銭を掻き集めるように、ユウトは必死で気持ちを集中させ自分を奮い立たせた。

ようやく、何があったのかを思いだす。ヒューイの中で、コルブスに何かの薬を打たれたのだ。ものの数分で意識は途切れてしまい、それ以降の記憶はすべて曖昧《あいまい》だ。夢うつつの状態で、どこかに運ばれていく感覚だけを味わっていた。

ユウトは目を開け、まず自分の置かれた状況を確認した。明るい日射しが差し込む無人の部屋で、ベッドの上に寝かされていた。手足は拘束されていない。一瞬、ホテルの客室かと思ったが、それにしては雰囲気が変だった。

身体に大きな揺れを感じ、ユウトは違和感のわけに気づいた。ここは船の中なのだ。飛び起きようとしたがまだ薬が残っているらしく、素早く動くことはできなかった。緩慢な動作でベッドから立ち上がった時、ドアが開いてコルブスが姿を見せた。

「やあ、ユウト。お目覚めかい」

コルブスはタキシードではなく戦闘用迷彩服に着替えていた。彼の背後にはマシンガンを構えた二名の部下が控えている。

「ちょうどよかった。上だけでいいから着替えてくれ。その格好は目立ちすぎるんでね」

黒いTシャツを放り投げられ、ユウトは無言でコルブスをにらみつけた。

「どうした？　手伝いがないと着替えられないのか？」

ユウトは忌々《いまいま》しい思いで上着を脱ぎ、カマーバンドとサスペンダーをベッドの上に投げ捨てた。シャツも脱いで裸になると、渡されたTシャツを頭から被《かぶ》った。

タキシードを貸してくれたＣＪには、後で謝罪して弁償しなくてはならない。もちろん生きて帰ることができれば、の話だが。

「靴もこれに替えてくれ。足元が悪いから、そんなお洒落《しゃれ》なパンプスじゃ難儀する」

編み上げのアーミーブーツを差しだされ、一体自分はどこに連れて行かれるのだろうか、と訝《いぶか》しく思った。

「よし。拘束具を装着しろ」

コルブスの指示で、部下のひとりが頑丈そうな革製のベルトを持って近づいてきた。ベルトの両側には同じ材質でできた、リストバンドのような輪っかがくっついている。

「窮屈だろうけど、しばらく我慢してもらうよ。君は結構、無茶をするからね」

抵抗したところで、無駄なのはわかっていた。下手に暴れて怪我《けが》をさせられては、いざという時に逃げだせない。悔しいが今は言いなりになって、様子を見るしかないのだろう。

手錠の部分に鍵《かぎ》をかけられると、ユウトの自由は完全に奪われてしまった。部屋を出ると、むせ返るような熱気に包まれた。肌にじっとりと張りつく粘度の高い湿気は、ユウトが初めて味わうものだった。

夜の間にかなり南のほうまで移動したのだろうか。そんなことを思いながら、ユウトはデッキの上に立ち、頭を上げて周囲を眺めた。

「ここは……」

ユウトは絶句した。目の前に広がる一面の緑の壁。それはユウトの眼前に延々と続き、途切れる気配もない。船の少し先には、波の上で羽を休めるペリカンの群れまで見える。

「今からあのスピードボートに乗り換えてもらう。時速百キロは出るから、うっかり舌を噛《か》まないよう気をつけるんだよ」

ユウトたちが乗っている大型船の脇に、一隻のスピードボートが停泊していた。板だけの簡易の橋が架けられている。

その上を渡ってスピードボートの船内に入ると、武装した男たちがベンチに腰を下ろしていた。操縦士を入れると、全部で十二名ほどいるだろうか。白人もいれば黒人もいるしラティーノもいる。どれもまだ若い顔だったが体つきはたくましく、精悍《せいかん》な雰囲気に満ちていた。

乗り込むのはユウトたちで最後だったらしく、渡し板を外し終えると、スピードボートはエンジンを唸《うな》らせながら水面を滑り始めた。ペリカンたちが驚いて、いっせいに羽ばたいていく。

しばらくするとスピードボートは入り江に進路を変え、マングローブの中を進み始めた。どうやら水路で内陸部を目指すようだ。

「ここはどこだ？」

隣に座っているコルブスに尋ねてみた。

「コロンビア共和国だ」

コルブスはあっさりと事実を告げた。もしかして、とその可能性については考えていたので、それほどの驚きはなかった。ユウトは頭の中にコロンビアの地理を思い浮かべた。

コロンビアは西は太平洋、北はカリブ海に面していて、地形的にはアンデス山地、沿岸低地、東部平野の三つの地域に大きく分けることができる。沿岸低地部は湿地帯が多く、森林地帯はほぼ未開発なままだが、このあたりがまさにそれに当たるのだろう。

「コカインの密輸と同じで、最近は船での移動が一番安全なんだ」

「……コロンビアのコカインの九割は、海上ルートでアメリカに持ち込まれていると聞いたことがある。こういうボートを使っているんだな」

コロンビアは世界最大のコカイン生産国だ。そしてアメリカは世界最大のコカイン消費国でもある。日々、莫大な量のコカインが、コロンビアからアメリカへと運び込まれているのだ。

「そうだ。中には用が済んだらボートを沈めて、悠々と飛行機で帰ってくる連中もいる。一度の密輸で儲《もう》かる金額は数億円。ボート一台分の金なんて、たいしたものではないからね」

スピードボートは順調に川を上っていく。いつの間にかマングローブは姿を消していた。すでに両岸の景色は雑多な樹木が生い茂る、鬱蒼《うっそう》としたジャングルそのものだった。

「畑で収穫されたコカはジャングルの製造所でコカインに加工され、スピードボートに積み込まれて、海上でもっと大きな船舶に移されたり、またはどこかの港で車両に積まれ、メキシコと米国の国境を越えていく。密輸される量に比べれば、摘発されるのはほんのわずかだ」

「ホワイトヘブンもコカインで儲けているんだろう。生産から密輸、それにアメリカでの売買まで、すべて自分たちの手で行っているのか？」

コルブスは「どうかな」と肩をすくめ、答えをはぐらかした。コルブスはコロンビアとはかなり縁が深そうだ。きっと生産から売買まで、すべて一括して管理しているのだろう。通常の密売ならメキシコあたりで、アメリカでのコカイン販売を牛耳る麻薬カルテルに荷を卸すものだが、それをしないとなると懐に入る利益も相当なものだろう。

二年ほど前、コロンビアの沿岸警備隊がジャングルの中で、小型の潜水艦を発見したというニュースを耳にしたことがある。密売業者の資金がいかに潤沢であるのかを示す事実だ。

ユウトはますますコルブスのことがわからなくなった。コカインを組織的に販売して成功を収めているのなら、その商売だけで満足していればいいものを、なぜテロ行為にまで手を染めるのか。彼の本当の目的はなんなのだろう。

ユウトは不可解な気持ちでコルブスの横顔を見つめた。コルブスはユウトの視線に気づきながらも、素知らぬ顔で楽しげにジャングルを眺めていた。

スピードボートを下りた後は、まさかの徒歩だった。一行はジャングルを切り分けて、道なき道を黙々と進んでいく。途中、何度も休憩を取らなくてはいけないほどの悪路だ。

「ユウト。水を飲め。こまめに水分補給しないとばてててしまうぞ」

コルブスに水筒を差しだされ、ユウトは溜《た》め息《いき》をついて受け取った。

「一体どこまで歩くんだ？　もう日が暮れるぞ」

「この先に、軍事訓練用のキャンプがあるんだ。今は俺が個人的に使用している。陸路でも行けるんだが、それだと都市部から入るルートしかない。場所を特定されたくないんで、今回はこっちのルートを選んだ」

「誰に特定されたくないんだ？　警察か？　それとも政府軍？」

「まさか。コロンビアの警察も軍隊もいい奴らばかりだよ。金さえ渡せば、よくしてくれる」

ユウトはうんざりして、飲み終えた水筒をコルブスに押しつけた。

「さあ、出発しようか。さすがにジャングルで野営はごめんだ」

一行は休憩を終え、また歩き始めた。ジャングルを抜けると、今度は急斜面の山道を延々と登らされた。この時ばかりはアーミーブーツをくれたコルブスに、感謝したくなった。滑る靴では転倒して、斜面を転がり落ちていたかもしれない。

進むほどに空気がひんやりしてくるのがわかる。小一時間ほど過ぎた頃、急に目の前の景色が開けた。どうやらここが、コルブスの言っていたキャンプらしい。広場には軍用ジープが数台停まっていて、その奥には宿泊棟らしき建物がいくつも点在している。想像していたより、ずっと本格的な軍事キャンプだった。

その宿泊棟から迷彩服の男たちが次々に姿を現し、コルブスたちを取り囲んだ。彼らは戻ってきた仲間を歓迎するように、歓声を上げて熱い抱擁を交わしていたが、コルブスに対してだけは畏怖《いふ》と尊敬の眼差《まなざ》しを向け、気軽に近づこうとはしなかった。

「今夜は好きに飲んでもいいぞ」

コルブスがスペイン語で部下たちに告げると、ワッと歓声が湧いた。

「ただし、敵襲に備えて警備だけは怠るな」

浮かれる部下たちに厳しく注意を与え、コルブスはユウトを連れ一番奥の宿泊棟に入った。

「スペイン語が話せたのか?」

「当然だ。俺はコロンビア育ちだからな」

刑務所にいた頃はまったく理解できないふりをしていた。徹底した男だ。

「部屋でシャワーを使うといい。その後で食事にしよう。リッキー、ブライアン、お前たちにユウトの監視を命じる。勝手なことをしないよう、しっかり見張れ。ただし丁重に扱うんだ。彼は俺の大事な友人だからな」

リッキーは白人でブライアンは黒人だった。どちらも二十代半ばくらいだろうか。ふたりともマーキラディンの屋上にヒューイで降り立った男たちだ。

連れていかれたのは、ベッドがあるだけの小さな部屋だった。窓には鉄格子がはめられている。リッキーが拘束具を外している間、ブライアンはマシンガンを構え微動だにしなかった。

「シャワーを浴びてこい。ここで待ってる」

ふたりに銃口を向けられながら、ユウトは浴室のドアを開けた。トイレとシャワー室が一緒になったユニットバスで、逃げられそうな換気口や窓は見当たらない。

ユウトは身体を洗いながら、これから自分はどうなるのだろうと考えた。コルブスの様子から、彼が今すぐ自分の命をどうこうする気はないように思える。あっさり殺すつもりなら、わざわざこんな場所まで連れてきたりしないだろう。

だからといって安心もできなかった。コルブスは気分で動くところがある。ユウトの存在が邪魔だと思えば、容赦なく始末するはずだ。

確かな逃亡のチャンスを狙うためにも、しばらくは様子を窺《うかが》ったほうがいい。ユウトがコロンビアにいることは誰も知らないのだ。救援を望めない以上、自力で脱出するしかない。

生きて帰らなくては――。そう思った瞬間、ディックの顔が浮かび、胸が押し潰《つぶ》されそうになった。コルブスに撃たれて血だらけになりながらも、ディックは必死でユウトの後を追おうとしていた。あの痛々しい姿が、瞼《まぶた》に焼きついて離れない。

あの後、すぐ病院で手当てを受けられたのだろうか？　命に別状はなかっただろうか？

不安は尽きなかったが、今はなるべくディックのことは考えないようにしようと思った。悪い想像は始めるときりがない。焦燥感が増して精神的に参ってしまうだけだ。ここから生きて帰るためにも、なるべく前向きな気持ちを持ち続けるのだ。

ユウトは鏡を覗き込みながら、大きく深呼吸をした。気分を落ち着かせていると、ある言葉を思いだした。ＤＥＡ時代、相棒だったポールに言われた言葉だ。

――どんなひどい状況でも希望だけは捨てるな。けど大きすぎる希望は持つな。

ポールは気取って「それが窮地を切り抜ける極意だ」と笑っていた。その時は矛盾してるようにも感じられたが、今はその通りだと思える。

ほんの小さな灯火でいいのだ。だがその灯火だけは、胸の奥で絶やさずに守っていこう。

「おい、まだか」

身体を拭《ふ》いているとドアを乱暴にノックされ、ユウトは急いで服を身につけた。浴室を出るとまた拘束具をはめられ、別の部屋に連れて行かれた。一番奥まった場所にある部屋に入ると、私服に着替えたコルブスが窓際に立っていた。

部屋の中央には長方形のテーブルがあり、壁にはたくさんの写真が飾られていた。窓辺には古びた地球儀が置かれ、本棚には本がぎっしりと詰まっている。コルブスの私室のようだ。

すでに夕食の準備が整えられていた。テーブルの上には煮込み料理や焼き料理、スープなどが並んでいる。こんな奥地で振る舞われるものとしては、かなり贅沢《ぜいたく》な晩餐《ばんさん》になるだろう。

テーブルに着くと、リッキーがまたユウトの拘束具を外した。コルブスに命じられ、リッキーとブライアンは部屋を出て行った。ユウトはホッとして、手首をさすった。始終、マシンガンを向けられていては生きた心地がしない。

「たいしたものは用意できないが、俺の歓迎の気持ちだよ。まずは乾杯しよう」

グラスに赤ワインを注がれたが、ユウトは乾杯せずに口をつけた。コルブスは気を悪くした様子も見せず、微笑んで「乾杯《サルー》」とグラスを持ち上げた。

「……なぜ俺をさらった？　目的はなんだ？」

フォークを動かしながら、ユウトは静かに尋ねた。コルブスは「さあ」と首を傾けた。

「特別な理由はない。ただ、そうしたいと思ったからだ。ディックにとって君は特別な存在だ。その君を彼の目の前でさらう。ゲームの展開として、これほど面白いものはないだろう？」

コルブスは悪戯《いたずら》な目つきでユウトを見た。その瞳は無邪気な子供のようであり、狡猾《こうかつ》な悪魔のようでもあった。

「ディックに苦痛を与えるのが目的なら、さっさと俺を殺せばいい」

コルブスはフォークに差した肉片を口に運びながら、肩をすくめた。

「殺してしまうと終わってしまうじゃないか。俺はできるだけ三人揃った状態で、このゲームを続けていきたいんだ。俺を挟んで君とディックが、君を挟んで俺とディックが、ディックを挟んで俺と君が、それぞれの思惑を絡ませながら向き合っている。この三角関係はとても楽しいよ。……それと君を殺さない理由はもうひとつある。俺は君が好きなんだ。刑務所にいた頃のことを、今でもよく思いだす。君と過ごす時間は静かで、とても気持ちが和んだ。もう一度、あんな時間を持ちたかったのかもね」

コルブスの戯れ言にはうんざりした。どこまで本気なのか、まったくわからない。いや、仮に本気だとしても、理解に苦しむ返答だ。

「俺はお前についていろいろ調べた。だけど調べるほど、わけがわからなくなってきたよ。お前の行動は、すべてマニングの命令を受けてのことなのか？」

「命令されてやったこともあれば、俺の意思でやったこともある。けれど実際のところは、その境界線が曖昧で、自分でもなぜやったのかよくわからないこともある」

ユウトが眉間にシワを刻むと、コルブスは「不思議そうな顔をしてるね」と眉を上げた。

「そんなにおかしな話でもないだろう？　世間ではよくある話じゃないか。たとえば教育熱心な親が、嫌がる子供に勉強を押しつける。本人は子供の将来のためだと思い込んでいるが、実際は自分の見栄のためだったりする。はたまた金持が慈善事業に多額の寄付をして、良いことをしたと満足していても、本当は人格者と見られることに喜びを感じているだけだったりする。人間の心理にはいつだって表と裏があるものだ」

「話をややこしくしないでくれ。俺が聞きたいのは表の心理だけだ。お前はどういう理由でマニングの悪事に荷担してきた？　彼はお前にとって、どういう存在なんだ？」

　コルブスはワインをひとくち飲み、ユウトの苛立った顔を見つめた。

「それは非常に難しい質問だな。マニングのことは俺自身、どう思っているのかよくわからないんだ。昔は彼のことを深く愛していた。彼のために生きていたと言っても過言じゃない。その壁にかかった写真を見てごらん」

　ユウトは右側の壁に目を向けた。フレームに収まったたくさんの写真には、いろんな人物が写っていたが、そのほとんどが迷彩服に身を包んだ男たちだった。恐らく、このキャンプで撮影されたものだろう。

　よく見るとそのうちの何枚かには、子供の姿もあった。大人たちに混ざってライフル銃を構える姿や、武器の手入れをしている姿などが確認できる。軍事キャンプに子供がいるなんて奇妙だと思い、ユウトはその子供の顔をじっくりと眺め、そしてあることに気づいた。

「この子供……。もしかしてお前か？」

「ああ。このキャンプは元もと、マニングが私財を投じてつくったものだ。といっても、アメリカとコロンビアの両政府の支援は受けていたがね。当時はアメリカ軍が表立って動くといろいろ不味《まず》いこともあったようだから、一種の隠《かく》れ蓑《みの》だな。マニングはアメリカから経験豊富な軍人たちをスカウトしてここに招き、コロンビアの政府軍や右派民兵を訓練させていた。訓練生は優秀な兵士になって、ゲリラたちとよく戦ったよ」

「なぜマニングはそんなことを？」

「自分の一族がやってる石油企業のためだよ。彼はこの国の政治家たちと密接に関わって、軍部の方針にまで口をはさめる力を得た。そのついでにコカインにも手を出し、石油とドラッグの両方で巨万の富を得た。今ではアメリカのコロンビア計画における第一人者だ」

なるほど、とユウトは強く納得した。そういう経緯もあって、マニングはＭＳＣの理事にもなったのだろう。そしてコルブスはマニングの口利きでＭＳＣの教官になった。

「十年ほど前、マニングがここを閉鎖すると言ったから、俺が譲ってもらった。コカインを運ぶ際の中継ポイントとしてもいい位置だし、残しておけば役立つと思ったんだ。最近ではここで俺の部下となる兵士を育てている。彼らこそが本当のホワイトヘブンさ。アメリカで勧誘して誘い入れた奴らは、捨て駒でしかない」

「リッキーやブライアンはアメリカ人だろう？」

「彼らは別格だ。共にここで育った同士だからね」

「ここで……？」

奇異に感じて、ユウトは聞き直した。

「ああ。俺たちはこのキャンプで育てられたんだ。ここは俺の故郷みたいなものだよ」

「お前はコロンビアで生まれたのか？　親はどうした？」

コルブスは「わからない」と首を振った。

「わからない？　どういうことだ」

「言葉通りの意味だよ。俺は物心ついた時には、もうここで暮らしていた。それ以前の記憶はない。ここの訓練生たちが反政府ゲリラの基地を襲った時、小屋の中に俺がいたそうだ。訓練生を指揮していたアメリカ人は、不憫《ふびん》に思って俺をこのキャンプに連れ帰った。マニングの命令で、俺はそのままここで育てられることになった」

「お前はなぜゲリラの基地にいたんだ。誘拐されたのか？」

コロンビアでは年間数千件の誘拐事件が起きているが、そのほとんどが身代金目的なので、金を持っている外国人がよく狙われる。この国での誘拐事件は身代金交渉が難航するため、解決するまでに一年以上かかるといったケースも珍しくはない。その間、犯人側は人質をひと目につかない山中などに連れ去って、軟禁生活を強いるのだ。

「それもわからない。当時、白人の子供が誘拐されたという事件はなかったそうだ。誘拐されたのか、親に捨てられたのか、ゲリラに拾われたのか、俺にはまったく想像もつかないよ」

ユウトは複雑な気持ちになった。今の話が真実なら、コルブスは親の顔どころか、自分の本当の名前も年齢も国籍も知らないことになる。

「幸い俺を連れ帰った元アメリカ軍の男は、とても頭がよくてね。子供には教育が必要だと言って、訓練の傍《かたわ》ら、毎日俺に勉強を教えてくれた。勉強だけじゃなく、彼にはいろんなことを教わったよ。彼は俺の親代わりだった」

「……もしかして、フリッツ・ボナハムか？」

ユウトの言葉を聞いて、コルブスは嬉しげに頷いた。

「ああ、そうだ。ボナハムだよ。よく知っているね」

「ＭＳＣにいた時、ボナハムの名前を使っていただろう。ボナハムはどうしてるんだ。今もこのキャンプに？」

「いや。今はもうこの世にいない。俺が殺したからね」

なんでもないことのように明るく言われ、ユウトの顔は強《こわ》ばった。

「十二年ほど前かな。俺がアメリカに度々渡って、マニングに頼まれた裏の仕事をこなすようになった頃だった」

「裏の仕事？　それはなんだ」

「なんでもだよ。諜報、殺し、誘拐、恐喝、原理主義者たちへの協力。マニングが望むことなら、なんでもやった。昔からマニングに対して不快感を持っていたボナハムは、俺のしていることを知って、すっかり嫌気が差したらしい。キャンプを出て帰国すると言いだした。ボナハムはマニングがコロンビアでやってきた悪事の数々を知っている。秘密が外部に漏れるのを恐れたマニングは、俺に彼の始末を命じた。俺はそれも仕事と割りきって、帰国を明日に控えて、この部屋で出発の準備をしていた彼を殺したんだ。……ほら、そこの柱に茶色のシミがあるだろう。ボナハムを撃った時についた血痕《けっこん》だ」

罪悪感などまったく持っていないのか、コルブスは悪びれた様子もなく食事を続けた。

もしかしたらボナハムは、今ユウトが座っている椅子に腰を下ろしていたのかもしれない。この距離で頭を撃たれたなら頭蓋骨《ずがいこつ》は粉砕され、ちょうどあの柱あたりに血しぶきと脳漿《のうしょう》が飛び散るだろう。

異様に喉《のど》が渇いていた。ワインを飲むと干上がった喉は潤ったが、胸に何かが詰まっているような不快感までは解消できなかった。

「……親代わりだったのに、よく殺せたな」

マニングがこんな奥地のキャンプに住むはずはない。時折、訪ねてくる程度のものだろう。けれどボナハムは幼い頃からそばにいて、コルブスの面倒を見ていた。どう考えても、マニングよりボナハムのほうが近い存在だったはずだ。

「ボナハムが俺をそういうふうに育てたんだ。何があってもマニングの命令を聞け。お前は彼の手足となるために存在している。どんな命令でも、いっさいの疑問を感じてはいけない。

――文字も読めない子供の頃から、そんなふうに教えられてきた。ボナハムの意思じゃない。

彼もまたマニングに命令されていたんだ。マニングは善悪の判断もつかない子供の心に、自分への絶対的な忠誠心をすり込み、同時に徹底して戦闘の方法を教え込めば、最高の私兵ができあがるんじゃないかと考えた。一種の洗脳教育だよ。マニングの思惑通り、俺は彼の言いなりになる戦闘ロボットとなった」

ユウトは軽い吐き気を催した。マニングという男はどこまで性根が腐っているのだろう。

「俺の成長に味を占めたマニングは、あらゆる人種の子供たちを掻き集めてきて、このキャンプに送り込んでくるようになった。リッキーやブライアンたちがそうだ。俺は彼らのリーダーとなって、コロンビアだけではなくアメリカでも活動するようになった。……ねえ、ユウト。想像がつくかい？　ライフルで人を狙撃《そげき》すればいい子だと頭を撫《な》でられ、捕獲したゲリラを残虐に拷問して情報を聞きだせば、素晴らしいと褒められるんだ。自分を弁護するわけじゃないが、そんな環境で育った俺に、人としてのまともな神経が残るはずがない」

ユウトは視線を泳がせながら言葉を探した。コルブスの言い訳を認めてはいけない。どれだけ同情の余地があろうと、お前の言う通りだと頷いては駄目なのだ。

「どんなふうに育っても、今は自分のやっていることは罪だとわかっているはずだ」

「ああ。わかってる。でも身に染みついた生き方は、簡単には変えられない。たとえば君が本当は女だったと言われたらどうする？　明日からいきなり女になれるか？」

「それは詭弁《きべん》だ」

「詭弁じゃない。俺にとっては、そういうことなんだ。マニングのために手を汚して生きることが、ずっと俺の存在意義だった。いや、生きる理由そのものだったんだ」

コルブスはナプキンで口元を拭《ぬぐ》うと、燭台《しょくだい》の上で揺れるロウソクの火を見つめながら、「面白い話だと思わないか」と囁《ささや》くように言った。

「マニングに引き取られずゲリラのもとで暮らしていても、今頃はゲリラの一味として誘拐事件に加わったり、街中で爆弾を仕掛けていたかもしれない。……どのみち、俺は平和な世界で生きられない人間だったということさ」

食事が終わるとユウトはまた拘束具をはめられ、最初の部屋に戻された。いざという時のために、体力だけは保持しておかなければならない。ユウトはベッドに入って睡眠を取ろうとした。しかし目を閉じても身体は疲れているはずなのに、神経が高ぶっているせいか、眠りはなかなか訪れなかった。

『ここで暮らしていると、気持ちが歪んでこないか?』

不意に刑務所でコルブスに言われた言葉が、頭に浮かび上がってきた。図書室で話をしていた時のことだ。コルブスは模範囚のネイサンとして、刑務所運営がビジネスとして利用されている現状をひどく嘆いていた。

よくよく考えてみると、あの言葉にはアメリカ社会そのものへの不満が含まれていたような気がする。社会の縮図のような刑務所。それを金儲けに利用している企業や政府。犠牲となるのは、社会からはみ出した犯罪者たち。

『人間の心は脳みそと同じで柔らかい。丸い器に入れると丸くなり、四角い器に入れれば四角くなる。人は環境に左右される生き物なんだ』

確かそんなふうにも言っていた。もしかするとコルブスは自分自身を皮肉って、あんなことを言ったのかもしれない。

コルブスのやっていることは、許してはならない暴虐だ。決して認めることはできない。しかし、その不幸な生い立ちを知ってしまうと、彼もまた被害者なのではないかと思えてくる。

この世には絶対の正義も罪もない。だから法律があるんだとロブは話してくれた。だが法律は完全ではない。そのことは冤罪《えんざい》で有罪となってユウト自身が、身に染みてわかっている。

コルブスに法の裁きを受けさせるという決意は揺らいでいない。けれど今は、それですべてが解決するのだという気持ちにはなれなかった。


激しい雨で視界が煙っている。ユウトはコルブスの部屋で窓辺に立ち、外を眺めていた。

このキャンプに来て一週間が過ぎたが、ここ三日ほどは毎日雨が降っている。雨期に入ったのかもしれない。晴れていれば広場で訓練に励む兵士たちの姿も見えるが、今は人っ子ひとりいなかった。きっと屋内で武器の手入れでもしているのだろう。

日を追うごとにキャンプ内の様子がわかってきた。兵士の数はおよそ三十名。三分の二がコロンビア人だ。残りはきっとコルブス同様に、このキャンプで育てられた男たちだろう。目つきの鋭さやキビキビした動きを見れば、根っからの軍人だということはよくわかる。

監視は厳重で、二十四時間態勢で見張りが立っていた。他にも兵士たちが一時間置きにキャンプ内を巡回している。無事に脱出できる可能性は低いだろう。

「待たせたね、ユウト。お昼にしよう」

ドアを開けてコルブスが現れた。手にはトレイを持っている。コルブスが室内に入ると、廊下にいたリッキーがドアを閉めた。初日から同じで、どんな時でもリッキーかブライアンが、外でマシンガンを持って見張っている。

「今日のランチはフレンチディップ・サンドイッチだ。俺がつくったから、味の保証はできないけどね」

拘束具は部屋に入るのと同時に外されている。ユウトは自分で椅子を引いて、いつもの場所に腰を下ろした。

「コルブス。いつまでここにいるつもりだ」

「退屈かい？　でももう少しつき合ってもらうよ。今は休暇中なんだ。君というゲストを迎えて、毎日がとても楽しい。君は楽しくない？」

「監禁されていて、楽しいはずがないだろう」

ユウトが吐き捨てるように答えると、コルブスは「それは残念だ」と溜め息をついた。

「丁重に扱ってるつもりなんだけどね」

コルブスの言う通り、待遇そのものは悪くなかった。清潔なベッドもあるし、食事も三食きちんと与えられている。だが変化のない毎日に、苛立ちは募るばかりだった。

「俺は近々、NYに戻る。大仕事が待っているんだ。でも用事を済ませたら、すぐ戻ってくるよ。その後は君を連れて、旅にでも出ようかと思う。いいアイデアだろう?」

「どこがだ。俺はお前と一緒にはいかないぞ」

「一緒に行こうよ、ユウト。ひとりは寂しいんだ」

本気で懇願しているような声だった。

「お前には仲間がいるだろう。奴らと行けばいい」

「彼らは俺に従順だけど、友達にはなってくれないんだ。俺のことをひどく恐れているからね。だけど君は違う。俺がどんな男か知っても、まったく怖がっていない。貴重な存在だよ」

「どうせ邪魔になれば、すぐ殺すくせに」

冷たく言い放つと、コルブスは可笑しそうに破顔した。

「よくわかっているね。悲観主義者でもなく、無駄に楽観的でもないところが大好きだよ」

ユウトはサンドイッチにかぶりつきながら、コルブスのNY行きについて考えた。彼の言う大仕事とはなんだろう。

「NYのどこに行くんだ?」

「マンハッタンだよ。またマーキラディンに行くつもりだ」

なんのために、と眉をひそめた時、ユウトはある事実を思いだした。

『来月、開催される国際サミットのレセプションパーティも、ここで行われるそうよ』

豪華な大広間を称賛したロブに対し、ジェシカはそう言っていた。

「……もしかして、マーキラディンが『α』なのか? お前の次の爆破目標は、国際サミットのレセプションパーティだったのか?」

「ああ、そうだ」

コルブスの目がきらっと光った。ユウトは声もなく、愕然《がくぜん》とするばかりだった。

「最後に花火を打ち上げる場所としては、もってこいだろう? 世界中が注目している華やかな場所が、一瞬のうちに血塗られた惨劇の舞台に変わるんだ。アメリカの面目は丸つぶれだ」

コルブスのしでかそうとしている恐ろしい計画に戦慄《せんりつ》を感じ、ユウトは身震いした。

これまでコルブスが爆破してきた箇所をつなぎ合わせると、烏座《からす》の形になることはわかっていた。けれど最後の犯行場所となる『α』に関しては、NY、それもマンハッタンのどこかではないかという、曖昧な憶測しかできないでいたのだ。

コルブスの狙いはパーティに参加する、各国の首脳たちだったのか——。

「それも、マニングの指示なのか?」

「まさか。彼はアメリカ政府にとって不利益なことはしないよ。これまでの小さなテロは、自分にとっても都合がいいから黙認していただけで、次の爆破には強く反対している」

ユウトは意味が理解できず、「なぜ」と呟いた。

「マニングを裏切るのか？　お前はずっと彼の手足だったはずだ。なぜ勝手な行動を取る？」

コルブスはすぐには答えなかった。まるで今初めて、自分の行動がどういう意味を持つのか、自問自答しているようだった。

「こっちに来てごらん」

椅子から立ち上がると、コルブスは窓の外を眺めた。わけがわからないまま、ユウトもコルブスの隣にいって、外の景色に目をやった。

「あの山のあたりを見てくれ。遠くてよく見えないだろうが、なんの畑かわかるか」

「コカの畑？」

「ああ。この国の農民たちは、生活のためにコカ栽培を余儀なくされている。アメリカは空中から枯れ葉剤を散布するが、そのせいで土地は荒れ、合法作物をつくっていた農家でさえもコカ栽培に転換せざるを得なくなった。コカイン供給国として非難を浴びようが、生きていくために彼らも必死だ。内戦が四十年以上も続き、誘拐とテロが日常茶飯事のこの国では、政府の援助などあてにはできない。それどころか、政府は完全にアメリカの言いなりだ」

コルブスは指先で窓ガラスを撫でながら、「君はこの国を貧しい国だと思うか？」とユウトを振り返った。

「そういう印象は強い」

「だろうね。だが、本当はとても豊かな国なんだ。太平洋とカリブ海のふたつの海に面し、アマゾンの熱帯雨林、万年雪を頂くアンデス山脈、そんな変化に飛んだ自然の中に様々な動植物が棲息《せいそく》している。石油や石炭の鉱物資源も豊富だし、金やプラチナやエメラルドの産出量も多い。なのに人々は貧しい暮らしに喘《あえ》ぎ、内戦に傷つき血を流している。アメリカの過干渉はこの国を引き裂くばかりだ」

「……つまり、お前のしようとしていることは、アメリカへの復讐《ふくしゅう》だと言いたいのか？」

コルブスは淡い笑みを浮かべて頭を振った。

「そんな美しい言葉を持ちだして、言い訳なんてするつもりはないよ。ただ俺の中であらゆる現実が混沌《こんとん》と絡み合い、出口を求めて膨れあがっている。大きな花火を打ち上げることで、少しはすっきりするんじゃないかって思うんだ。派手なパフォーマンスは快感だからね」

ユウトは言いようのない脱力感を味わっていた。コルブスの本音はどこにあるのだろう。少しは理解できたと思った次の瞬間には、また姿を見失ってしまう。彼を突き動かしているものは、一体なんなのだろう。怒りなのか、快楽なのか、破壊衝動なのか、破滅への欲求なのか。どれだけ向き合って話をしていても、まるで理解できない。

ただひとつだけ確かなことがある。コルブスには明確なアイデンティティというものが欠損している。国籍もわからず、親の顔も知らず、マニングの指示だけに従って闇の中を生き続けてきた男。何が正しいのか何が悪いのか。何をすべきなのか何をしてはいけないのか。答えを得られないまま、彼自身、闇の中で迷走しているのではないか。

「……さっきの質問の答えがまだだぞ」

ユウトが言うと、コルブスは「なんだっけ？」とおどけるように手を広げた。

「マニングのことだ。彼の意にそぐわないテロを計画しているってことは、マニングとは決裂するということなのか？」

「うん。そこが問題なんだ」

真面目《まじめ》くさった顔つきで、コルブスが頷いた。

「二年前、お前はサウスカロライナで軍隊に襲われただろ。マニングの指示だったことを知っているのか？」

「多分そうじゃないかとは思っていたよ。彼は軍部にも力を持っているからね。逃亡した俺に何食わぬ顔で、『ＣＩＡがお前の暗殺を企てている。ほとぼりが醒《さ》めるまで、しばらく刑務所の中に潜伏しないか』って言ってきた時は、何を考えているんだろうって呆れたが、しばらくのんびり過ごすのも悪くないかと思って了承したんだ。刑務所なら俺もあまり勝手なことはできないし、いざという時は脱獄させてまた命令も下せる。マニングにすれば、もってこいの避難所だったんだろう」

マニングもマニングなら、コルブスもコルブスだ。殺されそうになったというのに、なぜ彼のもとから逃げなかったのだろう。

「マニングのしたことを許したのか？」

「許すも何もない。俺は彼の私兵なんだ。彼が死ねと言えば死ぬし、生きろと言えば生きる。兵隊なんてそんなものだろ？　でも刑務所の中で俺もいろいろ考えた。そして次第に思うようになったんだ。マニングは俺のボスとしての義務を、果たしていないんじゃないかってね」

コルブスの瞳に初めて暗い影が浮かんだ。

「俺をこんなふうに育てたのはマニングだ。彼が命じれば、どんなこともしてきた。彼には最後まで俺を使い切る義務がある。なのにマニングは政治の表舞台に立つようになって、段々と考えが変わってきた。何事にも慎重になって、俺のやり方にいちいちケチをつけるようになってきた。彼に殺されるのは構わない。けれど、飼い殺しにされるのだけは許せない」

コルブスの存在が明らかになって、自分に火の粉が降りかかることがあれば、マニングの政治生命は絶たれる。昔ほど無謀な真似はさせられないと考えるのは、極めて当然のことだ。しかしコルブスの目には、それが裏切りだと映ったのだろう。

「マニングが昔のように冷酷な命令を下してくれるなら、俺は喜んでどこまでもついていくつもりだ。でもマニングはもう駄目だろうね。副大統領の椅子欲しさに、ますます事なかれ主義になってきた。彼から離れる時期が来たのかもしれない」

「コルブス。マニングに逆らいたいだけなら、他の方法もあるだろう。頼むから、無関係の人間を殺さないでくれ」

ユウトは強く懇願した。コルブスの気持ち次第で、未曾有《みぞう》の惨劇を未然に防げるのだ。

「駄目だよ。それだとマニングと同じになってしまう。俺は一度始めたゲームは、何があっても最後までやり通すよ」

「コルブス……っ。テロなんてやめろ。いや、お前のしていることはテロでさえない。ただの自己満足だぞ」

「確かに俺には主義主張もない。そこらへんにいる愉快犯と同じだ。でもね、理由なんてどうでもいいんだよ。言い方だってなんでもいい。何をどう言い繕っても結果が同じなら、すべてはしょせん言葉遊びなのさ。たとえばクーデターと革命の違いはなんだ？　民衆の支持を受けているかどうか？　数の多さだけで呼び方が変わるなんて、馬鹿げてるだろう。クーデターにも賛同者がいるし、革命にも反対する者はいるんだ。俺はきれいごとを並べて自分を正当化するつもりはない。誰にも許されたいとも思っちゃいない。頭のおかしな悪党で十分だ。でも悪党なりに決めていることはある。テロはこれで最後にする。最高の花火をマニングに見せたら、俺は彼の前から姿を消す」

「今までのようにはいかない。サミットだぞ。警備は厳重だ。絶対に失敗する」

「大丈夫。何度も下見に行ったし、俺の部下が数名、ホテルの従業員として潜り込んでいる。

もう二、三日もすれば、部下から準備完了の連絡が入るだろう。あとは俺が現地入りして、指揮を執るだけだ」

コルブスの暴走は誰にも止められない。今までのすべての事件は、ここに至るためのプロセスだったのだ。

せめて外部と連絡を取れる方法があればと思ったが、この宿泊棟に電話らしきものは見当たらない。あったとしても、こんな山奥では繋がらないだろう。

コルブスが持っている衛星携帯電話なら、アメリカにいるロブと通話ができる。しかし用心深い彼から電話を奪い取るのは至難の業だ。

俺にはどうすることもできないのか――。

ユウトは無力感に打ちのめされながら、暗い穴の底に叩《たた》き込まれるような深い絶望感を味わっていた。

7

その日も朝から雨が降っていた。夜になっても、いっこうにやむ気配がない。ひたすら憂鬱《ゆううつ》さを誘う嫌な雨だ。

コルブスの部屋から借りてきた本を読んでいると、誰かがドアをノックした。返事をする前にドアが開いて、リッキーが顔を覗《のぞ》かせた。

「コルブスが呼んでいる。来い」

深夜だというのに、なんの用だろう。疑問に思ったが、尋ねたところでリッキーが答えてくれるはずもない。よく訓練された彼らは、何を聞いても頑《かたく》なに沈黙を守るのだ。

「連れてきました。拘束具はどうしますか？」

「すぐ終わるから、そのままでいい」

コルブスは部屋の片隅にある小さな机に座り、ノートパソコンのキーを叩《たた》いていた。リッキーがいなくなると、ユウトはコルブスのそばに近づいた。

覗き込んだ画面には、ニュースサイトの記事が表示されている。各国の首脳が次々にＮＹ入りしていることを知らせる、サミット関連の記事のようだ。

「……こんな場所で、インターネットができるのか?」

「この小型のアンテナを使えば、衛星通信が可能なんだ。衛星電話に繋《つな》げるより、ずっと高速で通信ができる。――ユウト。明日の朝、ここを出発するよ」

軽い口調でコルブスが言った。ユウトの身体に緊張が走った。

「連れて行くのはリッキーとブライアンだけだ。旅行客を装って、飛行機でNY入りする。明後日の今頃は、きっとアメリカが――いや、世界中が大騒ぎになっているだろうね」

ユウトはコルブスの後頭部を見つめながら、不穏なことを考えていた。もし今、自分がコルブスを殺せば、事件を防げるのだろうか。罪のない大勢の人の命が助かるのだろうか。

「無駄だよ、ユウト。君に俺は殺せない」

心の中を読まれ、ユウトは激しく動揺した。コルブスはユウトに身体を向け、微笑した。

「悪いけど、殺気には敏感なんだ。敵意を持ってる相手からは、肌を刺すような嫌な気配が流れてくる。……でも、不思議とディックからは何も感じなかったな。彼はCIAでどういう訓練を受けてきたんだろうね」

ユウトは疲れた気分で、「CIAじゃない」と答えた。

「ディックは陸軍のデルタフォース出身だ」

「そうだったか。軍人だろうとは思っていたけど、まさかデルタにいたとは驚きだ。彼はなぜCIAに入ったんだろう。ユウトは理由を知ってるのかい?」

無邪気に尋ねるコルブスを、この時ほど憎いと思ったことはなかった。コルブスはディックの味わった苦しみを知らない。自分が彼の大事な仲間や恋人を奪ったとは、夢にも思っていないのだろう。

「ホワイトヘブンがサウスカロライナの山荘に、人質を取って立て籠《こ》もった時、出動要請を受けたのはデルタだった。ディックのチームが現場に急行したんだ」

「なんだって？　それは本当か？」

さすがのコルブスも驚きを隠せない様子だった。

「ディックの仲間は、お前の仕掛けた爆弾で全員死んだ。ひとり生き残った彼は、その後ＣＩＡに入った。なぜかわかるか？　ＣＩＡがお前の暗殺許可を与えてくれたからだ。ディックはお前を殺すため、自ら囚人の汚名を着てシェルガー刑務所に潜入したんだ」

コルブスは長い沈黙の後、状況にそぐわない言葉を吐いた。

「素晴らしい……」

「なんだって？」

「素晴らしいと言ったんだ。つまり、ディックはずっと俺を殺したいと切望しながら、友人のふりをしてそばにいたんだろう？　なのに殺気などまったく感じさせなかった。彼の意志の強さは称賛に値する。やはりディックは俺の見込んだ通りの男だったよ。仲間にできなかったのが、つくづく惜しまれる」

興奮したように目を輝かせて語るコルブスを見た時、ユウトは怒りではなく哀しみに近い同情を感じた。やはりコルブスは普通の人間とは違う。そのことが今、はっきりとわかった。

他人を思いやるという気持ちがない以前に、愛する存在を失った時に人が味わう、身を切られるような深い悲しみがどんなものなのか、彼にはまったく想像がつかないのだ。情操が養われていないのではなく、ある一部だけが完全に欠落している。

「君のおかげでやっとすっきりしたよ。ディックのあの憎しみに満ちた目だけは、ずっと不思議でならなかったんだ。そうか、彼は復讐《ふくしゅう》心に燃えていたんだな」

ディックの仲間を殺したことに対しては、なんの感情もないようだった。コルブスは単純にディックの執着心の理由を知って喜んでいる。

死というものに対して感覚が麻痺《まひ》している以上、人の命は何よりも重いと何度訴えたところで、コルブスには永遠に通じないだろう。ライオンに向かって獲物を殺すことはいけないことだと、説教するようなものだ。

「刑務所を出てからも、ディックが執拗《しつよう》に俺を追っているのはわかっていた。あいつはメッセージを送ってきたからね」

「メッセージ？　どうやってだ」

「あいつは俺の仲間を殺した。ＬＡでコカインの売買を任せていた男だ。正直、あれは手痛い反撃だったよ。その男は組織いちの稼ぎ頭だったからね」

ユウトはやはり、と唇を引き締めた。LAで大物のドラッグ・ディーラー、ジム・フェイバーを殺したのは予想した通り、ディックだったのだ。

「ディックは今頃はまだ、病院のベッドにいるんだろうな。でも俺が君を捕まえている限り、あの男はどこまでも追ってくるはずだ。それこそ地の果てまで追いかけてくる。また三人揃《そろ》う日が楽しみだね」

コルブスは無邪気な子供のように手を叩いた。コルブスにとって、本当にすべてのことがゲームなのかもしれない。人を殺すことも、警察に追われることも、ディックの憎しみを集めることも。

「……ユウト。どうしたんだ？　なんだか泣きそうな顔をしてるね。ディックのことでも思いだしたのかい？」

ユウトは静かに頭を振った。

「君のことを考えていた。……コルブス。君はとても可哀相な男だ」

コルブスは一瞬黙り込んだ後で、フッと唇をほころばせた。

「同情してくれるのかい？　それは嬉しいな。やっぱり君は俺の友人だよ」

目の前にいる男に憐《あわ》れみを感じ始めると、不意にコルブスとディックは似ているのではないかと思えてきた。外見や性格はまったく類似しないが、彼らには多くの共通点がある。

ふたりは共に親の顔も知らず、家族に愛されることなく他人の手で育てられた。やがて戦闘のプロとなって、血腥《ちなまぐさ》い世界に身を投じて生き延びてきた。

不幸な生い立ち。戦いの中で生き続ける姿。そして深い孤独。敵として対峙《たいじ》しながらも、ふたりはまるで反発しつつも惹かれ合う、磁石のN極とS極のようだ。

ユウトが複雑な想いに捕らわれていると、コルブスのパソコンから場違いに明るい電子メロディが流れてきた。

「マニングからの通信だ」

ヘッドホンとマイクが一体になったヘッドセットを頭に装着すると、コルブスはキーをポンと叩いた。何かのソフトが立ち上がり、その中に粗い画像が現れる。画面の中に映っているのは、ビル・マニングだった。テレビ電話機能を使って会話をするらしい。

「やあ、ウィリー。調子はどうだい？」

「まあまあだよ」

コルブスの明るい問いかけに、マニングは気難しい顔で答えた。

「あなたから連絡してくるなんて珍しいね。俺なんてもう用済みだと思ってた」

「……コルブス。これはお前への最後の警告だ」

マニングが厳しい声で言った。

「あの計画は中止しろ。サミットのパーティを狙《ねら》うなんて、馬鹿馬鹿しいにもほどがある。そんなことをしたところで、誰の利益にもならんぞ」

「そうだね。でもいいんだ。誰の利益にもならない純粋な大量殺戮《さつりく》というものを、一度やってみたいと思っていたから。あなたの支配下を離れ、俺は俺の意志で爆破を行う。自分のためだけに行動するんだよ」

「考え直せ。それがお前のためだぞ」

「ねえ、ウィリー」

コルブスはマニングの映像に指先を押し当て、小さく囁《ささや》いた。

「俺は刑務所の中でずっと考えていた。自分の人生はなんだったのかって。俺はずっとあなたの望むように生きてきた。あなたに褒めてもらえることだけが俺の幸せだった。……なのにあなたは俺を裏切った。これまで使い捨てにしてきた男たちと同じで、俺をゴミのように捨てようとしたんだ。あなたはいつも俺だけは特別だ、自分の息子だと言ってくれたのに。どうして最後まで俺と一緒にいてくれないの？」

マニングは優しい笑顔を浮かべ、「私はお前を裏切ってなどいない」と答えた。

「お前は私の息子だ。だから私の行く道に影を差すことはやめてくれ。お前はこれまでよく頑張ってくれた。だから、もう静かに暮らせ。またMSCの教官にならないか？」

「無理だ」

自分を懐柔しようとするマニングに、コルブスはきっぱりと首を振った。

「俺は安穏と暮らせない。硝煙と血の匂《にお》いを嗅《か》いでいなければ気が狂うんだよ。俺はあなたの影だった。この手を汚すほど、深い満足感を得ることができた。俺は血に飢えた獣だ。あなたがそうなるよう育てた。もう餌を与えてくれないなら、あなたの影でいることはできない」

コルブスという影は、マニングという本体から切り離され、独り歩きを始めたのだ。一度、決別してしまえば、影はもう二度と本体の命令には従わなくなる。

「……お前にはとことん失望した。もう少し利口な男だと信じていたのに」

「ごめんよ、ダディ。俺だって、ずっとあなたのいい子でいたかった。とても悲しいよ」

コルブスは自分で通信を切った。そしてリッキーを呼ぶと、ユウトを連れていくように指示した。

「ミッキーは元気かな?」

ユウトが部屋を出ようとした時、コルブスが独り言のように呟いた。思いがけない名前を耳にして、ユウトは戸惑った。ミッキーはシェルガー刑務所でコルブスと同室だった、底抜けに陽気な男だ。彼はコルブスを信頼し、心から尊敬していた。もちろん、ネイサンとして生きていたコルブスのことだが。

「暴動の後、サンクエンティン刑務所に移されたはずだが」

「そうか。きっと彼なら、どこに行っても調子よくやってるだろうね」

コルブスは窓の外に目を向け、静かに言葉を続けた。

「あそこでの暮らしは楽しかったな。俺の人生の中で一番穏やかな時間だった。なぜかわからないけど、この数日シェルガー刑務所でのことを、やけに懐かしく感じるんだ」

ユウトはどう答えていいのかわからず、無言でコルブスの背中を見つめた。コルブスはユウトの答えを期待していなかったのか、リッキーに手を振って退室しろと合図した。

自分の部屋に戻されたユウトは、出ていこうとするリッキーに声をかけた。

「リッキー。君もここで育ったんだってな。コルブスから聞いた」

それがなんだという目つきで、リッキーはユウトを振り返った。

「コルブスのしていることに、疑問を感じないのか？」

「感じない。ここにいる男たちは、皆コルブスに命を捧げている」

初めてリッキーが質問に答えてくれた。彼の若々しい顔に迷いや不安の影は見られない。

「俺たちはコルブスのお陰で生きてこられた。だからこの命は彼のものだ」

この盲目的な信頼はどこから来るのだろう。ユウトにはまったく理解できない特殊な絆《きずな》があるとしか思えなかった。

リッキーが消えてひとりになると、ユウトは募る焦りにいてもたってもいられなくなった。

このままだとあの華やかなパーティ会場に、死体の山が築かれてしまう。

マニングが阻止に動くことを期待したいが、表立って騒げばテロが行われるのを事前に知っていたのはなぜだと、世間から追及されるかもしれない。保身を第一に考える男なら、見て見ぬふりをする可能性がないとは言い切れなかった。

こうなったらコルブスの部屋に侵入して、彼の衛星電話を奪うしかない。ロブかハイデンに連絡さえ取れれば、ＦＢＩを動かせるだろう。問題はその方法だ。外にはマシンガンを持ったリッキーがいる。

ユウトが従順にしているので、しばらく前から見張りはひとりになっていた。リッキーだけなら、なんとかなるかもしれない。トイレに行きたいから拘束具を外せと訴えれば、片手だけは自由にしてもらえる。具合が悪くなったふりをしてトイレに駆け込み、そこにリッキーを誘《おび》き出すのだ。狭いバスルームでなら、思いきり体当たりをすれば壁に激突して、ほんの一瞬だけ相手の動きを封じ込める。隙《すき》をついてマシンガンを奪うのだ。

はっきり言って勝算などない。相手は普段から肉体を鍛え上げている軍人だ。下手すれば撃たれるかもしれない。それでもやるしかなかった。

ユウトは壁にかかった時計を見た。決行は三時にしよう。その時間なら、見張り以外の男たちは寝ているだろう。

三時まで、あと二時間二十五分――。

ユウトはベッドに身体を横たえ、目を閉じた。緊張する心に、不安と恐怖が絶え間なく襲いかかってくる。何も考えるなと言い聞かせても、まったく効果はなかった。

もし自分が死んだら、誰が悲しんでくれるのだろう。そんなことを考えていると、自然と愛しい人たちの顔が次々に浮かんできた。

義母のレティ。可愛いルピータ。頼りがいのあるパコ。親身になって捜査につき合ってくれたロブ。そしてディック。

必ず生きて帰ると決意していたが、時として自分が生き延びる以上に大事なこともあるのだ。どんなに恐ろしくても、怯《おび》えて震えていても、自分には守るべきものがある。正義のためでも自尊心のためでもなく、ただ自分が自分であり続けるために。

その気持ちがある限り、胸の中で光る小さな灯火が消えることはないはずだ。

時計の針が三時ちょうどを指した。ユウトは身体を起こして、ゆっくりと深呼吸した。いつの間にか、雨はやんだようだ。

少し前までは指の震えが止まらなかったが、今は不思議と心身共に落ち着いていた。覚悟ができたというより、怯えた状態にも慣れ、感情が鈍化してしまったのだろう。人間というのは図太くできているらしい。

内側からドアをノックすると、すぐにリッキーが顔を覗かせた。

「どうした？」

「……腹の具合がおかしいんだ。トイレに行きたい。鍵《かぎ》を外してくれ」

できるだけ苦しそうに訴えると、リッキーは面倒そうに部屋に入ってきて、ユウトの右手だけを自由にしてくれた。

「何か当たったのか?」

「わからない……。くそ、こんなに痛いのは初めてだ」

ユウトは毒づいて、ふらふらした足取りで浴室のドアを開けた。トイレには座らず洗面台で前屈《まえかが》みになる。蛇口を捻《ひね》って水を流しながら、激しく嘔吐《おうと》する芝居を演じた。

「おい、大丈夫か?」

見かねたリッキーが浴室に入ってきた。脇の向こうにマシンガンの銃口が見える。銃身を摑《つか》んで、思いきり体当たりすれば——。

ユウトが計画を実行に移そうとした、まさにその時。どこかで銃声が轟《とどろ》いた。

「なんだ……っ?」

リッキーはパッと身を翻すと、部屋のドアを開けて外の様子を窺った。その間にも銃声は続いていた。

「おい、ブライアン! 何があった?」

「わからん! 様子を見てくる。お前は他の奴らを叩き起こしてくれっ」

リッキーはユウトを振り返り、「絶対に部屋から出るなよ!」と怒鳴りつけた。

「もし敵襲だったら、お前も殺される。自分の身が可愛かったら外には出るな。……だが万が一、俺が戻って来なかった時は、自力でこのキャンプから逃げだせ」

「どういうことだ?」

リッキーはユウトの質問には答えず、慌ただしく駆けだしていった。敵というのが反政府ゲリラのことなのか、それとも他の勢力なのか、ユウトにはまったくわからなかったが、これは絶好のチャンスだった。

ドアを少し開けて廊下を覗くと、マシンガンやライフルを抱えた男たちが、次々に外に向かって走りだしていくのが見えた。しばらくすると、廊下は静かになった。どこかで戦いが繰り広げられているらしく、銃声はますますひどくなってくる。

ユウトは人気のない廊下を走り、コルブスの部屋を目指した。しばらくドアの前で様子を探っていたが、中にコルブスがいるのかどうかまで判断できなかった。こうやって待っていても埒《らち》があかない。ユウトは思いきってドアを開け、室内に飛び込んだ。

コルブスは部屋にいた。迷彩服姿で机の前に立ち、腰に装着したマシンガンポーチに、黙々とスペアの弾倉を詰めていた。

「なんだ。リッキーの奴、君を放って戦闘に出てしまったのか」

ユウトを見て、コルブスは普段通りの微笑《ほほえ》みを浮かべた。突然の奇襲に動じている気配は、まったくと言っていいほど見られない。むしろ不気味なほど、落ち着き払っていた。

コルブスはユウトの拘束具を外すと、ボディー・アーマーを差しだしてきた。

「ユウト。これを身につけろ」

「ひとつしかない。お前は?」

「大丈夫だ。俺は服の下に防弾チョッキをつけている。早くしろ。敵が襲ってくるぞ」

ユウトはずっしりと重いベスト型のボディー・アーマーに腕を通した。

「敵って誰なんだ?」

「恐らくはアメリカ軍の特殊部隊だろう。マニングが差し向けたに違いない」

「マニングが……っ?」

ユウトは信じがたい思いで、コルブスの醒《さ》めた眼差《まなざ》しを見つめた。コルブスがマニングとはっきり決裂したのは、ほんの数時間前のことだ。急いで軍隊を送り込んだとしても、こんな早くに襲われることは考えられない。

「どうやらマニングは最初から俺を、仲間ごと抹殺するつもりだったようだ。こうなった以上、こちらも全力で迎え撃つしかない。……ユウト、向こうはキャンプにいる人間すべてを葬り去る気だ。これを持っていろ」

コルブスは腿《もも》のホルスターに差していた拳銃を引き抜くと、ユウトに手渡してきた。

「ファイブ・セブン。二十発の弾が装弾されてる。シングル・アクションだ。説明しなくても使えるな?」

「ああ。だがコルブス――」

「ユウト。これは戦闘だ。先にやらなければ殺される。だから躊躇《ためら》うな。まだ死にたくないのなら、敵を見つけた時は迷わず撃て」

コルブスは一度も見たことがないような厳しい顔をしていたが、ユウトはまだ自分が戦闘の渦中にいることを実感できなかった。アメリカ人の自分が、アメリカ軍の兵士と戦う。あまりにも現実感のない話だ。

しかしコルブスの言った通り、アメリカ軍の目的がキャンプにいる人間全員を抹殺することなら、自分もまた同じ運命を辿《たど》ることになるのだ。

ディックも言っていた。軍人というものは理由も教えられず、指示された場所で指示された任務を遂行するだけだと。ユウトが両手を挙げて立っていても、撃ち殺されるのは必至だ。

コルブスは机の上に置いてあったブルパップ型のアサルトライフルを手に取ると、強《こわ》ばった顔をしているユウトの肩を軽く叩いた。

「さあ行こう。ここにいても袋のネズミだ。——何があっても、俺のそばから離れるな」

ドアを開けようとしたコルブスに、ユウトは思わず「なぜだ」と問いかけていた。

「なぜ俺を連れて行く？　足手まといになるだけなのに」

コルブスひとりのほうが動きやすいはずだ。戦闘慣れしていないユウトが邪魔になるのは、最初から目に見えている。

「言っただろう？　君は俺の友人だ。必要な時がくれば、俺の手で殺してあげる。でも今はまだその時じゃない。俺のプライドにかけて、君を他の奴らに殺させはしない」

ユウトが何か言う前にコルブスはドアを開け、廊下に飛びだしていった。ユウトも急いで後を追いかけた。戦闘はさらに激しさを増していて、建物の中まで敵は侵入しているようだった。あらゆる方向から銃声が聞こえてくる。

別棟に繋がる渡り廊下を進んでいくと、不意に正面から完全武装したアメリカ人兵士が現れた。カービン銃を構えたアメリカ兵は、ヘルメットの下に暗視装置つきのゴーグルまで装着している。夜目でも視界が利くので、迎え撃つコルブスたちのほうが分は悪かった。

コルブスは足を止めずに、至近距離からアサルトライフルを連射した。アメリカ兵は引き金を引くことすらできず、死のダンスを踊ってその場に崩れ落ちた。何事もなかったかのようにコルブスは死体の脇を抜け、右側に折れて建物の外に出た。

「コルブス！」

頭から血を流したリッキーが走ってきた。

「戦局はどうなっている」

「不利です。すでに三分の二がやられ、残った仲間も無傷な者はおらず――」

突如、激しい爆音が響き、向かい側にある宿泊棟が吹き飛んだ。三人はその場に中腰になり、腕で頭を庇《かば》って飛んでくる瓦礫《がれき》から身を守った。

「……西側の斜面に非常用のジープがあります。それで逃げましょう。このままだと、あなたまで殺されてしまいます。俺が援護します、早く！」

　コルブスは険しい眼差しで無惨に破壊されていくキャンプを見つめていたが、もうどうすることもできないと判断したらしく、リッキーの言葉に頷《うなず》いた。

　その時、赤い光線がコルブスの額を捕らえた。赤外線レーザーポインターだ。ユウトがコルブスを押し倒すのと同時に、背後で木の幹が鋭い擦過音と共に大きく抉《えぐ》れた。

　少し離れた茂みの向こうに、アメリカ兵が立っている。ユウトは地面に腰を落としたまま、銃を発射した。どこかに命中し、アメリカ兵は茂みの中に頭から倒れ込んだ。

「いい腕だ」

　コルブスはユウトの腕を掴んで引き起こすと、「行くぞ」と木立の中に身を翻した。次にユウトが続き、リッキーがしんがりを務めた。背後では残ったコルブスの仲間たちが、最後の攻防を繰り広げている。

　銃声に紛れて、どこからともなく叫び声が上がった。

「こっちだ！　この林に逃げたぞ！」

　追っ手がやって来る。ユウトたちは足を速めたが、闇の中から無数の弾丸が飛んできた。そのうちの一発がユウトの脇腹を掠《かす》めた。

「く……っ」

「ユウトっ？」

　足を止めたユウトに気づき、コルブスが腕を貸してくる。

「走れ。もうすぐだっ」

しかし、いくらも進まないうちに、今度はリッキーが負傷した。弾が腿に命中し、彼は地面にドサッと倒れ込んだ。コルブスとユウトが両脇から抱きかかえようとしたが、リッキーはその手を拒んだ。

「……俺はもう歩けません。ここに残って敵を食い止めます」

「駄目だ、リッキー。お前も一緒に逃げるんだ」

コルブスが叱《しか》りとばしても、リッキーは頑として動こうとしなかった。

「行ってください。早く！　あなただけでも生き延びてください……っ」

死を覚悟しているリッキーの気持ちは変えられなかった。コルブスはリッキーの額に素早くキスすると、ユウトの腕を握ってその場から離れた。

後ろ髪引かれる思いで、林の中を抜けていく。堅い木の枝が顔を打ち、無数の切り傷ができたが、些細《ささい》な痛みなど気にしている余裕はなかった。

しばらくすると、マシンガンを連射する激しい音が耳に届いた。けれどリッキーの生の証である叫びは、すぐに聞こえなくなった。

ユウトは歯を食いしばった。ろくに個人的な会話も交わさなかったが、約二週間、一番身近にいた男だった。名前だけしか知らない相手でも、その死に様を想うと湧き起こる悲しみを禁じ得なかった。

ユウトが鼻をすすっていると、コルブスが腕を強く摑んできた。

「俺の部下のために泣いてくれてありがとう。……俺は涙を流せない。リッキーを可哀相に思うのに、どうしても涙が出てこないんだ」

やり切れない告白だった。ユウトは胸苦しい感情に襲われ、コルブスの胸を乱暴に叩いた。

「だったら、お前の代わりに俺が二倍泣いてやるよ」

コルブスは「そいつはいいな」と短く笑った。

「ジープはあそこの斜面だ」

林が開け、山肌が見えた。雲の隙間からわずかに顔を覗かせた月が、木の枝で覆い隠されたジープの姿を、ぼんやりと浮かび上がらせている。

「ユウト、もう少しだから頑張――」

コルブスの言葉が途切れた。少し先の木陰に、誰かが立っていたのだ。アメリカ兵だと思い、ユウトは咄嗟《とっさ》に銃を構えたが、相手はなぜかまったく動かない。

雲が流れて月がすべての姿を現した。満月の光に照らされ、相手の顔がはっきりと見える。

ユウトの心臓がドクッと波打った。そこにいるのが、信じられない相手だったからだ。

「ディック……？」

ゆっくりと一歩を踏みだしたのは、迷彩服に身を包んだディックだった。頭にはヘルメットとシューティンググラスを装着し、手はカービン銃を持っている。

「これは驚いた。二カ所も撃たれたのに、もうお出ましか？　驚異的な体力だな。もしかしてマニングと手を結んだのか？」

「俺はあいつらとは関係ない。向こうの急襲とかち合っただけだ。少し離れた場所からキャンプを監視していたら、いきなり戦闘が始まった」

「それで慌てて出てきたってわけか。他の奴らに俺を殺されるのは、耐えられなかったんだな。君らしいよ、ディック」

からかいの言葉にまったく表情を変えず、ディックはコルブスに向かって銃を構えた。

「そうだ。お前は俺の手で殺す。今、ここでケリをつける」

なぜかコルブスは応戦する気がないようだった。アサルトライフルを持った手を、ダラリと下げたまま動く気配を見せない。

「やっと観念したのか？」

「そうだな。あんなわけのわからない軍人どもに殺されるくらいなら、まだ君のほうがましだ。撃てよ、ディック」

コルブスがそっと屈んで、足元にアサルトライフルを置いた。ディックが鋭く目を細めた。

「なんのつもりだ」

「君の執念に敬意を表し、ここで殺されてやると言っているんだ」

緊迫した空気に耐えられなくなったのは、ユウトだった。咄嗟にコルブスの前に立ち、ディックに叫んだ。

「撃つなっ。撃たないでくれ！」

「どけ。ユウト。どかないと、お前ごと撃つぞ」

ディックの刺すように冷たい目は、本気だと告げていた。ディックにとって、これが最後のチャンスなのだ。グズグズしているとアメリカ兵がやって来る。

「どかない。お前にコルブスは殺させない。そう言ったはずだ」

「ユウト。何度同じことを繰り返すつもりだ。頼むから俺の邪魔をしないでくれ」

苛立《いらだ》ちをにじませた声で懇願されても、ユウトは一歩も動かなかった。

「嫌だ。お前には撃たせない。……コルブスを殺せば、お前も死んでしまう」

ディックの目がかすかに揺らいだ。

「なんの話だ。俺が自殺するとでも？」

「わからない。でもコルブスを殺したら、お前は生きる意味を失ってしまう。お前には生き続けて欲しいんだ」

「……地獄を彷徨《さまよ》うような気持ちで、俺に生きながらえろと言うのか？」

傷ついたようにディックが呟《つぶや》いた。ユウトは「そうだ」と頷いた。

「どんなに苦しくても、生きていて欲しい。過去ではなくて、未来を見つめて生きて欲しいんだ……っ」

ひどいことを言っている自覚はあった。コルブスを許して生きろと言っているのも同然だ。ディックの味わった苦痛がどれほどのものか、誰よりも一番わかっているはずの自分が、そんな苦痛なんて忘れてしまえと叫んでいる。

「ユウト。お前は——」

ディックの言葉は突如、響き渡った銃声にかき消された。アメリカ兵が迫ってきたのだ。

「くそっ」

ディックは忌々《いまいま》しげに言い捨てると、ユウトたちの背後から飛びだしてきたアメリカ兵に向けて、数回引き金を引いた。ひとりの兵士は倒れたが、その後ろにいたもうひとりの兵士は木陰に身を潜め、果敢に発砲してきた。

コルブスは素早くアサルトライフルを拾い上げると、凄《すさ》まじい勢いで連射し、木の幹ごと兵士を撃ち倒した。

「ディックっ。このままだと、全員やられてしまう。あそこにあるジープで——」

「駄目だ。車じゃ逃げ切れない。山頂にCIAのヘリが待機している。そこまで走るんだ！」

三人は雨でぬかるんだ斜面を、無我夢中で駆け上がった。

「こちらホワイトウルフ、アイアン・レイブン、応答せよっ」

ディックが走りながら、無線機に向かって怒鳴っている。

『こちらアイアン・レイブン。何かあったか？』

「救出者二名を連れて、二時の方角から接近中。敵に追われている』

『了解。出発準備をして待つ』

救出者二名——。ディックはコルブスもヘリに乗せてくれるのだ。ユウトは感謝の気持ちを込めて、ディックの横顔を見た。ディックが忌々しげに呟いた。

「……許したわけじゃない」

「ああ。わかってる」

足元を滑らせつつも、三人は必死になって走った。背後にはさらなる敵が迫ってきて、容赦なく弾丸の雨を降らしてくる。ディックとコルブスは連携して交互に銃を撃ちながら、執拗な追撃を猛然とかわし続けた。

「あ……っ！」

運悪く、一発の弾丸がユウトの右足に被弾した。膝から下に焼けつくような激痛が走り、ユウトは両手を地面に着いて、四つん這《ば》いになった。

「ユウト！」

すぐにディックとコルブスが駆け寄り、両側からユウトの腕を肩に担いだ。ふたりに引き摺《ず》られる格好で、ユウトは懸命に足を動かした。しかし撃たれた右足は、どうしても思うように動かない。

「もう少しだ、頑張れ」

ディックが励ますと、コルブスも山頂を見上げ「ヘリが見えたぞ」とユウトを勇気づけてくれた。ヘリコプターのローター音が聞こえる。本当にすぐそばまで来ているのだ。

「コルブス、ユウトを頼む」

山頂に着くとディックはふたりに背を向け、斜面を登ってくるアメリカ兵の集団めがけて銃を連射した。

ヘリコプターのそばにはディックの仲間が立っていた。彼はコルブスと一緒になって、ユウトをデッキの中に押し込んだ。

「ホワイトウルフ、戻れ！　出発するぞ！」

仲間が叫んだが、ディックはまだ十メートルほど離れた場所にいた。少しでも追っ手を突き放しておきたいらしく、銃を撃ちながらジワジワと退却している。しかし斜面からヘリコプターの姿を確認したのか、アメリカ兵たちの攻撃の矛先が機体に向けられ始めた。

「駄目だ、もう待てないっ」

怖《お》じ気《け》づいたパイロットが、離陸を開始した。フワッと浮き上がった機体の中で、ユウトは「止めろ！」と叫んだ。

「ディックがまだだ！　彼を置いていくつもりかっ？」

パイロットは青ざめた顔でホバリングしながら、近づいてくるディックの背中をチラチラと見ている。今にも猛スピードで飛び去っていきそうな怯え方だ。軍人ではなく、金で雇われた民間人のパイロットなのだろう。

「ディック、早く戻れ！　早く……っ！」

限界だと判断したディックが、ようやくユウトたちのほうに走ってきた。しかし機体はすでに二メートル以上、浮上している。ディックは迷わず銃を捨てると、機体の下の部分にあるスキットに飛びついた。

ディックをぶら下げたまま、ヘリが浮上していく。しかし下から銃を乱射され、仲間はなかなかディックに手を貸すことができなかった。

コルブスが仲間を押しのけ、ベイドアから身を乗りだした。

「ディック、摑まれっ」

危険を顧みずコルブスが手を伸ばす。ディックは器用にスキットに足を絡めて上体を持ち上げると、コルブスの手を摑んだ。コルブスが渾身《こんしん》の力でディックをデッキに引っ張り上げる。

ディックの身体がデッキの床に転がり込んできた。機内にホッとした空気が流れる。

「あいつら、まだ撃ってきやがる。しつこい奴らだ」

ディックの仲間が苦笑した瞬間、コルブスの首がガクッと折れた。

「コルブス……？」

ユウトはコルブスの異変に気づき、彼の肩を摑もうとした。けれどユウトの手をすり抜け、コルブスの身体はスローモーションのように、床に座っていたディックの上へと倒れ込んだ。

「おい？　どうした？」

ディックは驚いた顔で、力を失ったコルブスの身体を床に横たえた。

ユウトは瞠目《どうもく》した。コルブスの左胸あたりから、赤い血が流れでていたのだ。ディックが急いで両手で傷口を強く押さえたが、コルブスの出血はますますひどくなっていく。

「シド、止血剤を……っ」

「無理だ。彼は心臓を撃たれてる。手の施しようがない」

ディックの仲間が無念そうに首を振った。ユウトは強い衝撃を受けた。コルブスは防弾チョッキをつけていなかったのだ。もしかすると、ユウトに渡したものだけしか、用意していなかったのかもしれない。

「コルブス、しっかりしろっ」

コルブスの顔は見る見るうちに青ざめ、唇も死人のように白くなってきた。すでに呼吸すら苦しそうだ。

「……ユウト、残念だ。最後の花火は、どうやら……夢に終わった、みたいだ……」

「お前はまだ死なない。ディックが助けてくれた命だぞ。死なせてたまるかっ」

そうは叫んだが、ユウトには為す術もなかった。弱まっていくコルブスの姿を、ただ見ていることしかできない。

「……アルファ……アルキ……」

「アルキバがどうした？」

「アメリカに、俺の……俺の印を刻みたかった……。誰も知らない、俺の印だ……」

切れ切れな声が弱まっていく。ユウトはコルブスの手を強く握り締めた。

「わかってる。俺は気づいたよ。お前のつけた足跡を結ぶと、烏座《からす》の形になるんだろう？　俺はちゃんと気づいていた」

コルブスはうっすらと笑い、「そうか」と呟いた。そしてゆっくりと目を泳がせると、ディックの腰に携帯された拳銃を指さした。

「ディック、その銃で……俺を撃て……。君の手で、俺を殺せ……」

ディックは無言で銃を手に持った。いったんはコルブスに銃口を向けたが、その目にはもうなんの感情も浮かんでいなかった。

ユウトにはわかっていた。ディックに今のコルブスを撃つことはできない。放っておいても、あと数分後にはこの世を去る男だ。そんな相手にどうして弾丸を撃ち込めるだろう。

「……ふざけるな。お前の頼みなんて聞けるか。そんなに俺の命中弾が欲しけりゃ、起きあがってお前も銃を構えろ」

銃口を下げたディックを見て、コルブスは声を出さずに笑った。

「馬鹿な男だな……。それが一番の、望みだったくせに……」

コルブスは細い息を吐くと、うっとりした顔で夢見るように微笑んだ。

「ああ……。シェルガー刑務所での、暮らしが……とても、懐かしいな……」

胸の奥から込み上げてくる熱いものを、ユウトは必死になって抑えつけた。そうしなければ、わけもなく叫びだしてしまいそうだった。

ユウトにとっては悲惨でしかなかった刑務所暮らしでも、コルブスの苛酷《かこく》な人生の中では、もっとも平穏な日々だったのだ。

なんて可哀相な人生だろう。けれどコルブス本人は自分を憐れんでいない。自分が可哀相な人間だと気づいていないことが、彼の最大の不幸だとユウトは思った。

「コルブス。お前の本当の名前を教えてくれないか」

せめて最後に、彼の本当の名前を呼んでやりたいと思った。けれどコルブスはかすかに頭を振った。

「……俺にはコルブスという名前しかない。ユウト、その代わりに……頼みがある。最後にもう一度だけ……、ネイサンと、呼んでくれないか……」

塀の中でだけ、コルブスは人間らしく生きられたのだ。囚人たちに好かれ、信頼され、必要とされ、それが偽りのものでも、ネイサン・クラークとして過ごした時間だけが、彼にとって普通の人生だった。

殺人鬼として育てられ、暗闇の中でしか生きられなかったコルブス。悪人だとわかっていても、ユウトにはどうしてもコルブスを憎みきれなかった。

「ネイサン、お休み。もうゆっくり眠っていいんだ。ネイサン……」

ユウトが優しく囁きかけると、コルブスは満足げに目を閉じた。そしてその瞼は、もう二度と開かれることはなかった。

コルブスの死に様を見届けたユウトは、崩れ落ちるようにその場に腕をついた。さっきから冷や汗が流れ、呼吸も速くなっている。明らかに出血性ショックの症状だ。

「シド、ガーゼをくれ」

ディックはユウトの身体をシートの上に横たえると、足にガーゼを載せて撃たれた部分を両手で強く圧迫した。止血に没頭するディックを、ユウトは蒼白になりながら見上げた。

「ディック……」

声をかけても、ディックはユウトの顔を見ようとしない。何か言って欲しかった。コルブスを殺せなかった無念でも、邪魔をしたユウトへの怒りでもいい。ひとことでもいいから、その胸にある気持ちを聞かせて欲しかった。

ユウトはもう一度、ディックの名前を呼ぼうとした。けれど唇が動いても声はまったく出ず、意識はそのまま急速に遠のいていった。

8

「ユウト。フライドチキンを買ってきたよ」

革のジャケットを着たロブが、明るい顔で病室に入ってきた。手には紙包みを持っている。ベッドの上で通話中だったユウトは、ロブに向かって軽く手を上げた。

「ごめん、パコ。ロブが来たから切るよ。……ああ、わかってるって。ちゃんと連絡する」

ユウトが携帯を耳から離すと、ロブが「またパコと電話かい？」とからかってきた。

「ああ。パコが来週、またこっちに来るって言うんだ。もう退院も決まったんだから、来なくていいって断っておいた」

「君ら兄弟は本当に仲がいいな。ちょっと妬《や》けちゃうよ」

「何言ってんだよ。ところでまたチキン？　俺を肥満体にする気なのか」

「そうそう。君はもう少し太ったほうがいい。そのほうが俺のタイプにより近づくからね」

ロブは紙包みをテレビの上に置くと、椅子を引き寄せ「よいしょ」と腰を下ろした。

「さっきショッピングモールに寄ってきたんだけど、買い物客でごった返していたよ」

「そりゃ、感謝祭だからな。……ロブ。ＬＡに帰れよ。俺ならもう大丈夫だから」

せっかくの感謝祭の連休なのに、自分のせいでロブが家族と一緒に過ごせないのは心苦しかった。本当なら実家で母親のつくった七面鳥の丸焼きとパンプキンパイでも味わいながら、可愛いケイティを思う存分に撫《な》で回していただろう。

「ユウトは何かというと、すぐ俺をLAに追っ払おうとする。俺がいると邪魔なのかい？」

大袈裟《おおげさ》に顔をしかめるロブを見て、ユウトは笑いながら首を振った。

「そんなわけないだろう。すごく感謝してるよ。でもロブには迷惑をかけっぱなしだから、申し訳なくて。本当になんてお礼を言っていいのかわからないよ」

ロブは「遠慮はなしだ」と、シーツ越しにユウトの足を軽く叩いた。

「ありがとう。来週には退院できる。そしたらすぐLAに帰ろう」

「当分は松葉杖《まつばづえ》が必要だろう？　慌てなくてもいいよ。帰るのは痛みがなくなってからにしよう。俺のことなら心配しなくていい。DCにいたって論文は書けるし、たまには気分転換に友人とも遊んでる。無駄にぶらぶら過ごしているわけじゃないからね」

ロブの優しさにはいつも救われる。ユウトは明るい日射しが差し込む窓に、目を向けた。ロブもつられるように外を眺めて呟いた。

「もう十一月も終わりだね」

「ああ。時間はあっという間に過ぎ去っていく」

感謝祭が過ぎれば世間はクリスマス商戦に突入する。あちらこちらで大きなツリーが飾られ、街はクリスマスムード一色に染まるだろう。

コロンビアの奥地でディックやコルブスと共に戦ったのは、ほんの一か月ほど前のことなのに、今となっては遠い昔のように感じられた。

コルブスの死を看取った後、ユウトは意識を失ったまま、ヘリコプターで首都ボゴタの病院へと搬送された。弾は貫通して身体から抜けていたが、脛骨《けいこつ》と腓骨《ひこつ》が砕かれていたため、緊急手術を受けることになった。足に金属製のプレートを埋め込まれて病室に戻った時には、ディックたちの姿はもうどこにもなく、代わりにアメリカ大使館の職員がユウトを待っていた。

職員に頼んでＦＢＩ本部に連絡を取ってもらうと、ハイデンとロブが現地まで飛んできた。ユウトから一部始終の事情を説明され、ハイデンは頭を抱えていた。事があまりに大きすぎて、一度アメリカに戻って上の判断を仰がなくては、どうすることもできないようだった。

ただサミットへのテロ対策だけは、ハイデンの指示でさらに強化されることになった。特にマーキラディンの従業員を徹底して調べたところ、三人の従業員が忽然《こつぜん》と姿を消している事実が判明した。詳しく身元を調査してみると、三人とも揃って偽名だった。

恐らくその三人がコルブスの送り込んだ手下で、彼らはリーダーの死を知るやいなや、計画を中止して逃亡したのだろう。

厳戒体制の中、レセプションパーティはつつがなく終了した。そのことにユウトは心の底から安堵《あんど》した。罪なき大勢の人々の命が、無事に守られたのだ。

その後はユウトが早い帰国を希望したため、重病人のようにストレッチャーに乗せられて、飛行機でアメリカまで搬送されることになった。ＤＣに戻ってきてからもロブがつきっきりで看病してくれ、二週間ほどで松葉杖を使えば歩けるようにもなった。今はリハビリを行いながら、退院を待ちわびる毎日だった。

ハイデンは時々見舞いに来てくれたが、表情はいつも冴《さ》えなかった。上層部はユウトひとりの証言では信憑性《しんぴょうせい》に欠けるとして、マニングへの捜査を行わない決定を下したのだ。

その知らせを聞いても、ユウトはさして落胆を感じなかった。マニングのみならず、アメリカ軍とＣＩＡまで絡んだ事件だ。どう考えても、世間に公表できる内容ではない。

結局、ユウトを拉致《らち》したのはコロンビアの反政府ゲリラと断定され、かなり強引ではあるが、今回の出来事は単なる誘拐事件として片づけられることになった。すべての真実はコルブスの死と共に、永遠に闇の中に葬り去られてしまったのだ。

「テレビをつけてもいいかい？」

黙り込んだユウトを気づかってか、ロブがリモコンのスイッチを押した。画面の中にマイクを手に持った、若い女性レポーターの姿が現れる。

「またこのニュースか。このところ、マニングの事件で持ちきりだな」

ロブが顔をしかめながらも音量を上げた。

『――一昨日未明、自宅を出た直後、何者かによって狙撃されたビル・マニング氏の意識はいまだ回復せず、危険な状態が続いています。捜査当局は全力を挙げて犯人逮捕に臨んでいますが、これといった有力情報もなく、捜査は難航している模様です。以上、パトリシア・ロビンスがワシントン・ホスピタルセンターの前からお伝えしました』

「副大統領の椅子を手にした直後に狙撃されるなんて、まったくついてない男だ」

ユウトは無言で頷いた。コルブスの死で事件は幕を引いたかに見えたが、皮肉なことに最後の最後で、大どんでん返しが待っていたのだ。

マニングが撃たれたのは、一般選挙の開票結果が出た翌日のことだった。一般選挙では共和党の大統領候補が選挙人の過半数票を獲得した。来月にはまだ選挙人選挙も控えているが、実質的には当選がすでに確定したも同然だった。何事もなく時間が過ぎていれば、マニングは年が明けてすぐに、正式な副大統領となっていただろう。

「こう言っちゃあなんだけど、天罰が下ったのかもね」

ユウトもマニングが狙撃されたという一報を聞いた時は、同じような感想を持った。しかし後から、そうではないと思い直した。

天罰ではなく、マニングは復讐されたのだ。狙撃はコルブスの生き残った仲間たちの仕業に違いない。コルブスはマニングにのみ忠実だったが、コルブスの部下はコルブスにのみ忠実だった。単純に言えば、そういうことなのだろう。

「これからどうなるのかな」

ユウトが質問すると、ロブは難しい顔で腕を組んだ。

「うーん。こういうケースは初めてだから難しいね。多分、次の大統領の任期が始まってから、新しい副大統領が選出されるんじゃないのかな。マニングは頭を撃ち抜かれたそうだから、下手すれば遷延性《せんえんせい》意識障害、つまり植物人間の状態が続くかもしれない。仮に意識が戻ったとしても、なんらかの障害は残るだろう。政治家としては、もう終わりだよ」

マニングの当確が決まった時は、この世に正義はないのかと暗澹《あんたん》とした思いに捕らわれたが、彼がこういう状態になったからといって、ユウトの気持ちはまったく晴れなかった。当然の報いかもしれないが、復讐の連鎖によって流される血は不快なものでしかない。復讐からは決して何も生まれてこないのだ。

そんなことを考えていると、ディックのことを何度も思いださずにはいられなかった。ボゴタで別れて以来、ディックからのコンタクトはいっさいない。コルブスの遺体の行方もわからないままだ。ディックはコルブスの亡骸《なきがら》を連れて、どこに消えてしまったのだろう。

ディックはコルブスが死んで満足したのだろうか。悲願だったコルブスの死を見届け、心の傷が少しでも癒《い》えたならいいが、彼の性格を考えると自分の手で復讐を果たせなかった絶望のほうが、はるかに大きいのではないかと思えてくる。

――地獄を彷徨うような気持ちで、俺に生きながらえろと言うのか？

あの時のディックは、とても悲しい目をしていた。まるで仲間をすべて失い、この世にたった一匹で取り残された絶滅種のようだった。

「ユウト。君はこれからどうするんだ。ＦＢＩに復帰するつもり？」

今後のことについて、ユウトがはっきり言わないので、ロブも気になっているようだった。

意外なことに、ハイデンはＦＢＩに戻ってこいと誘ってくれた。クアンティコのアカデミーに戻って正規の訓練を受けさえすれば、ユウトは晴れて正式なＦＢＩ特別捜査官になることができるのだ。すべては自分の気持ち次第だった。

「……もう少し考えてみるよ。今はまだ、どうしていいのかわからない」

「そうか。まずは身体を治してからだね。だったらしっかり食べなくちゃ。よし、俺が買ってきたフライドチキンを食べよう」

ロブは楽しそうに紙包みを開いた。ロブはディックのことには、まったく触れてこない。それもまた、彼なりの優しさなのだ。

「はい、どうぞ」

フライドチキンを差しだしてくるロブを、ユウトは静かに見つめた。

――もしもこれから先、ロブの身に何かあった時は、何を置いてもすぐに駆けつける。たとえそれが世界の裏側でも、彼が助けを求めるなら、絶対にそこまで行ってみせる。

そんなことを思ったが、さすがに言葉にするのは恥ずかしかった。ユウトは心の中だけで自分自身に誓った。

「何？」

「……いや。最近、君はちょっと太ったかなと思ってさ」

明るく言ってやると、ロブは「え？　嘘《うそ》だろう？」と情けなさそうに顔を歪《ゆが》めた。

「ちょっとダイエットしたほうが、いいんじゃないか？」

ユウトは笑いながら、ロブの手からフライドチキンを奪い取った。


「あら、ユウト。来てたのね。いらっしゃい」

開店前のバーのカウンターに座ってネトと話していたら、重そうな買い物袋を両手に抱えたトーニャが店に入ってきた。

「やあ、トーニャ。お邪魔してるよ」

ユウトは立ち上がってトーニャの頬《ほお》に軽くキスをすると、大きいほうの買い物袋に手を伸ばした。トーニャは「ありがとう」とニッコリ微笑んだ。

「少しはネトも、ユウトのレディファーストを見習ってくれればいいのに」

トーニャが嫌みを言うと、ネトは「レディ？」とこれみよがしに左右を見渡した。

「おい、トーニャ。レディなんてどこにいるんだ？　見当たらないぞ」

「もういいわよ。本当に気が利かないんだから」

ブツブツ文句を言いながら、トーニャは買い込んできた食料品を、カウンターの奥の冷蔵庫に詰め込み始めた。

「トーニャの奴、最近やけに怒りやすい。本物の女みたいで、扱いにくくて困る」

ネトがユウトにこっそりと耳打ちした。ユウトは苦笑して、コークのグラスに口をつけた。

ネトも往生際が悪い。いいかげん、トーニャを女性扱いしてあげればいいものを。トーニャ以上の美女は、本物の女性の中からでもそうは探せないだろう。

ユウトとロブがLAに帰ってきた二か月後、トーニャは連邦刑務所を出所した。兄のネトと一緒に暮らし始めて、もうすぐ四か月になる。完璧《かんぺき》な化粧と明るく華やかな服のせいで、今のトーニャはどこから見ても完璧な女性だった。もともと美貌《びぼう》の持ち主だったが、よりいっそう磨きがかかり、ユウトでさえ時々見とれてしまうほどだ。

トーニャは今、ネトの友人が経営しているこのメキシカンバーの店長を任されていて、毎日がとても楽しそうだった。男だとわかった上で口説いてくる客もかなりいるようだが、当の本人は「口の上手《うま》い男なんてもうこりごり」と言って、適度に愛想よくあしらっていた。トーニャは昔つき合っていた男に騙《だま》され、そうとは知らずにドラッグの密売を手伝わされた過去がある。シェルガー刑務所に入ることになったのも、そのせいだった。

「そういえば、プロフェソルは元気か?」

「ああ。相変わらずだよ。出がけにトーニャの店でネトと会ってくるって話したら、俺も一緒に行きたいって言いだして、すごくうるさかった」

「連れてくればよかったのに」

「明日までに仕上げないといけない小論文があるんだ。飲んだくれてたら間に合わなくなる」

ネトはロブの地団駄踏む姿を思い浮かべたのか、口元を歪めて笑いを嚙《か》み殺していた。

「プロフェソルは、いい秘書を持ったな」

「ロブって意外とルーズなんだ。仕事を手伝い始めてびっくりしたよ」

一応、今のユウトの立場は教授秘書ということになるが、なんとなく気分はロブの母親役だった。自分が好きなことには呆《あき》れるほどの探求心と集中力を示すくせに、やりたくない原稿や講演の準備などは、なんだかんだと言い訳してギリギリまでやろうとしない。

「身体を酷使しない仕事だから、ちょうどよかったじゃないか。足の具合はどうだ？」

「順調だよ。もう痛みもほとんどない」

ユウトがロブの秘書をすることになったのは、ひとえにコロンビアで負傷した足の怪我《けが》のせいだった。ＤＣからＬＡに戻ってきた後、ユウトの足はなかなか完治しなかった。いっこうに痛みが取れないので病院に行って再検査してもらうと、どうもコロンビアで受けた手術に問題があったようで、医者から金属のプレートがきちんと固定されていないので、再手術の必要があると言われてしまったのだ。

結局、計二回の手術を受ける羽目になり、そうしている間にＦＢＩに戻りたいという気持ちも薄れてしまった。捜査官の仕事には魅力を感じるが、ＦＢＩの仕事に就けば全米を転々とすることになる。いろんなことがあって、家族や友人のありがたさを実感したユウトは、彼らのそばでできる仕事を探そうと思うようになった。

どうにか杖なしでも歩けるようになったユウトが職探しを始めた時、ロブが「秘書を探しているんだけど、繋ぎでもいいから、しばらくやってみないか？」と持ちかけてきた。大学の非常勤職員という形で、一種のアルバイトのようなものだが、この身体では当分ハードな仕事も無理だし、ちょうどいいかもしれないと考え、ロブの誘いを受けることにしたのだ。

「プロフェソルは、お前がずっと秘書の仕事をしてくれればいいのにって言っていたが」

「気持ちは嬉しいけど、もうロブのお守りはこりごりだ」

「じゃあ、やっぱり九月からは犯罪者のお守りを始めるのか？」

ネトの言い方が可笑《おか》しくて、ユウトは笑いながら「そうだよ」と頷いた。パコの誘いもあって、ユウトの次の就職先はロス市警に内定していたのだ。

「ＬＡの治安を乱す人間は容赦しない。俺に逮捕されないよう、ネトも用心してくれ」

ギャングたちとのつき合いは続いていても、今のネトは犯罪からはきれいに足を洗っている。トーニャのためにも、今後はまっとうに生きると決めていることを知っているので、そんな冗談も言えるのだ。

「ああ、ネト。さっき部屋に寄ったら、ポストに葉書が入っていたわ。はい」

トーニャが思いだしたように バッグから取りだしたのは、一枚の絵葉書だった。

「誰からだ？　絵葉書なんて洒落《しゃれ》たものを送ってくる知り合いは、プロフェソルくらいのものなんだがな」

「え？　ロブから絵葉書が来るのかい？」

ユウトが驚いて尋ねると、ネトは「ＬＡに帰ってきてから、五、六枚は届いたぞ」と答えた。

「へえ……。どんな内容だった？」

「今日食ったメシの話とか、観た映画の話とか。彼は手紙を書くのが趣味なのか？」

「……ネトみたいのがタイプなのかな」

「なんだって？」

ユウトは慌てて「なんでもない」と首を振り、ネトの持っている絵葉書に視線を向けた。

「その葉書は誰から？」

「Ｄ・Ｂって書いてあるが、誰だろう？　住所はノースカロライナ州のウィルミントンって街だ。そんな場所に知り合いなんていないはずだが。――ん？　Ｄ・Ｂ？　もしかしてディック・バーンフォードか……？」

「ちょっと貸してくれっ」

ユウトはネトの手から絵葉書を奪い取った。海の写真がついた絵葉書には、ひと言だけメッセージが走り書きされていた。

『元気でやっている。お前に会いたいよ』

あまりにも素っ気ない言葉だが、この文字は間違いない。ディックの書いたものだ。

深い安堵と震えるような喜びが込み上げてきて、ユウトは思わず額に絵葉書を押し当てた。

――ディックは生きている。ノースカロライナで今も元気で暮らしているのだ。

「よかった。よかった……」

勝手に独り言がこぼれてしまう。でも嬉しくて嬉しくて仕方がないのだ。コロンビアで別れてから、約半年。ディックのことはずっと心配だった。生きているのか死んでいるのかさえ、まったくわからず、捜しだす手だても何ひとつとしてなく――。

いや、そうじゃない。ユウトは捜そうとしなかったのだ。もしもディックが少しでもユウトとの未来を考えていたなら、何も言わずに消えたりはしなかっただろう。後を追う手段をまったく残してくれなかったのは、ディックなりの意思表示だとユウトは思ったのだ。

お前とはもう会わない。二度と関わらない。そう宣言されたようで辛《つら》かった。今度こそディックに本気で拒絶されたのだと思い、彼のことを忘れたふりをして生きるしかなかった。

「ユウト。奴に会いに行ってこい」

泣きそうな顔でディックの文字を見つめていると、ネトに頭を撫でられた。

「会いたいんだろう?　だったら行くんだ」

ユウトはネトの優しい眼差しを見つめ返し、小さく頭を振った。

「……できない。会いに行けないよ。ディックはきっと俺を憎んでる」

最後までディックの邪魔をしてしまった。そのことは後悔していないが、ディックに許してもらえるとは思えない。

「そんなわけがない。あいつもきっと、お前に会いたがってる。行ってこい」

ユウトはまた首を振った。

「ディックが俺に宛《あ》てて絵葉書を書いてくれていたなら、喜んで会いに行くけど。これはネトへのメッセージだ」

「ねえ、ユウト。あなた、ディックのこと誤解してるわ」

カウンターの中からトーニャが話しかけてきた。

「え……？」

「ディックはああ見えて器用な男じゃないのよ。感情を表に出すのが苦手で、本音もつい隠しちゃうシャイな人。本当はこの絵葉書だって、あなたに直接送りたかったんじゃないかしら。だってネトなんかに、こんなラブレターみたいなもの送っても、しょうがないじゃない？」

「ネトなんか？　お前、兄貴に向かって、そういう言い方はないだろう」

ネトが文句をつけると、「もう、黙っててよ」とトーニャは唇を尖《とが》らせた。

「あなたたちの間で何があったのかは、私にはまったくわからないけど、ディックに会いに行ってきなさいよ。直接顔を見て話せば、きっとまた元のふたりに戻れるわよ。ね？」

ユウトはまた絵葉書に視線を落とした。

『お前に会いたいよ』

俺でいいのだろうか。俺が会いに行っても、ディックは笑って出迎えてくれるだろうか。なあ、ディック。お前を訪ねていってもいいのか……？

心の中で尋ねてみたが、胸に残るディックの面影は何も答えてはくれなかった。ディックの真意は直接、彼に会いに行くことでしかわからないのだ。

ユウトは不安を抱きながらも、決意した。

「ディックに会いに行くよ。彼に会ってくる」

ネトとトーニャは励ますように、ユウトに優しく微笑んでくれた。

大学が夏休みに入ってすぐ、ユウトはウィルミントンへと出発した。

ディックに会いに行こうと思ってると告げた時、ロブは「そうしたほうがいい」と快く背中を押してくれた。罪悪感がまったくなかったと言えば嘘になるが、今のふたりは友人としてベストな状態にあったし、ロブを信頼するからこそ言っておきたかったのだ。

LAに戻ってきてからのロブは、ユウトへの気持ちも吹っ切れたようで、時々は下心を匂わせるようなジョークも言うが、それはあくまでもコミュニケーションの手段のひとつでしかなく、深い意味はないと自然に理解できた。

ただ出発直前になって「なんだか心配になってきた。俺も一緒に行こうか?」と言いだし、空港のロビーで一緒に来ていたネトをおおいに呆れさせた。そんなふたりに見送られて、ユウトは飛行機でディックの住む町にある、ウィルミントン国際空港を目指した。

ウィルミントンはノースカロライナ州の南部、ケープフィア川、ケープフィア河岸に位置する港町だった。地図で場所を確認してみると、西側をケープフィア川、東側を大西洋に挟まれており、市街地から南下していくほど土地の幅は極端に狭くなっている。ディックの住んでいるあたりは、本当に街の外れで、空港からは二十マイルほど離れていた。

空港を出た後、長い時間バスに揺られていたが、まったく退屈はしなかった。この街にディックがいるのだと思うと、目に映るすべての景色が特別なもののように感じられ、何もかも残さず目に焼きつけておきたい気分だった。

窓の外を熱心に眺めていたら、隣に座っていた上品な老婦人から「学生さん?」と声をかけられた。ジーンズとTシャツ姿で背中にデイパックを提げたディックは、彼女の目に相当若く見えたらしい。苦笑してもうじき三十になると答えると、大袈裟に驚かれた。

地元の人間のようなのでディックの住所を告げ、一番近い停留所はどこなのかを聞いてみた。彼女は今から四つ目の停留所で降りればいいと答え、「あの辺はとてもいいところよ。主人とよく釣りに行くの」と微笑んだ。

降車する際、老婦人は手に持っていた紙包みを「よかったら食べて」とユウトの手に押しつけてきた。自分で焼いたマフィンをひとり暮らしの息子の部屋に持っていったのだが、タイミング悪く、今日から旅行に出かけてしまったらしい。

ユウトは礼を言って、バスを降りていく彼女に手を振った。旅先で優しくされるのは嬉しいものだ。彼女のおかげで緊張が薄らいだ気がする。

ディックに会えるという喜び以上に、不安のほうがずっと大きかったのだ。訪ねていっても、なんの用だと追い払われるかもしれない。そんな場面を想像すると怖かった。

けれど一度ディックに会っておかないと、自分はいつまでたっても前に進めないだろうということもわかっていた。忘れたふりをして毎日を過ごしていても、心の底にはいつだってディックがいる。未練を引き摺ったままでは、新しい人生は始まらない。

ユウトは老婦人に教えてもらった停留所でバスを降り、通りがかりの住民に道を尋ねながら、どうにかそれらしき家に辿り着いた。ディックの家は海岸のすぐそばに建つ、古びた木造住宅だった。きっとこの家がデルタフォース時代に仲間と一緒に購入した、あのビーチハウスなのだろう。

ひとりで行ってもしょうがないと言っていたが、ディックは今この家で暮らしている。心境の変化があったのだろうか。それとも傷ついた心を休めるために、懐かしい思い出の詰まった場所で暮らしたかったのだろうか。

ユウトは玄関に続くポーチに上がり、呼び鈴を押した。しばらく待ったが誰も出てこない。どうやら留守のようだ。どうしようかと考えながら家の裏側に回り、ユウトは思わず感嘆の息を漏らした。

目の前に広大な大西洋が広がっている。青々とした大海原は夏の強い日射しを浴びて、波面が眩《まばゆ》いほどにきらめいていた。少し先には百メートル以上はある長い桟橋が設営されている。真っ白な砂に彩られた、美しい浜辺だった。それがどこまでも続いていて、終わりが見えない。なんて素晴らしい光景なんだろう。

ユウトが魅入られたように海を眺めていると、一匹の黒い犬が近寄ってきた。首輪はしているが、そばに飼い主の姿はない。大きな犬で、人懐っこい優しい目をしていた。

しゃがみ込んで手を出すと、犬は警戒した様子もなく鼻先を押し当ててきた。

「ご主人さまはどうしたんだ。まさかひとりで散歩中か？」

犬はユウトに頭を撫でられ、嬉しそうに短い尻尾《しっぽ》を左右に振り続けていた。しかし不意にピクッと耳を立てると、向きを変えて浜辺のほうに駆けだしていった。その時になって、人がいることに気がついた。犬の飼い主だろうと何げなく目を向け、ユウトは息を呑《の》んだ。

犬にじゃれつかれているのはディックだった。穿《は》き古したジーンズと腕まくりした白いサマーセーターを着て、手にはリードを持っている。

不意の出現に言葉を失ってしまい、ユウトはぎこちない笑みを浮かべて立ち上がった。

「……ディックの犬だったのか」

　ディックは犬の首輪にリードを繋ぐと、「ああ」と短く答えた。ディックの髪は昔のように、鮮やかな金髪に戻っていた。

　突然、ユウトが現れたというのに、ディックは何も聞いてこない。いたたまれない沈黙が続き、仕方なくユウトのほうから口を開いた。

「ネトのところに来た絵葉書を見たんだ。それで……やって来た。お前が元気にしてるのか、ずっと気になってて。いきなり来て、悪いとは思ったんだけど、その、今から行くって電話もしにくかったし。いや、その前に電話番号も知らないんだけど――。あ、よかったら、これ食べてくれ」

　何を言っているのか自分でもよくわからなくなってきて、ユウトは咄嗟に手に持っていた紙包みを突きだした。

「それは？」

「マフィンだって。バスで隣になったお婆さんからもらったんだ」

　ディックは紙包みを見つめ、フッと笑った。

「知らない婆さんからおやつをもらうなんて、一体いくつだと思われたんだ？」

　ディックの笑みを見て、全身から力が抜けそうになった。よかった。ディックはいきなり来たことを怒ってない。

「大学生かって聞かれたよ」

ユウトの言葉を聞くと、ディックは可笑しそうに首を振った。

「じゃあ、そのマフィンでお茶にしよう。犬の足を洗ってくる。鍵はかかってないから、先に家の中に入っててくれ」

「わかった」

ホッとしながらユウトはまたポーチを上がり、玄関のドアを開けた。右手のドアの向こうがリビングになっていて、ソファと白いテーブルが置かれていた。椅子に腰を下ろし、落ち着かない気持ちで待っていると、海に面したデッキのほうからディックと犬が入ってきた。

ディックはキッチンに入り、コンロで湯を沸かし始めた。犬はなぜかクンクンと鼻を鳴らしながら、ディックの回りをうろついている。

「ん？　ああ、ジャーキーが欲しいのか。ユウト。すまないが、そこの棚に犬用のジャーキーが入ってる。一本、こいつにやってくれ」

ユウトが立ち上がってジャーキーの袋を探していると、犬はそばまで来て利口にお座りをして待っていた。そういうふうに躾《しつ》けられているのだろう。

「賢い犬だな。なんて名前？」

ジャーキーにかじりつく姿を眺めながら尋ねたが、ディックは何も答えない。

「ディック？」

「……名前はないんだ。つけてない」

言いづらそうに答え、ディックはトレイを持ってテーブルにやって来た。

「どうして？　名前がないと困るだろう」

マフィンと紅茶を置くと、ディックは椅子に座って「まったく困らない」と首を振った。

「用事がある時は、『おい』とか『お前』って呼べば寄ってくる」

そんなものなのかな、と感心するような呆れるようなどっちつかずの気分で、ユウトはディックの淹《い》れてくれた紅茶を飲んだ。

「マフィンをくれたお婆さんが、この辺はいいところだって言ってたけど本当だな。景色が素晴らしい。やっぱり別荘が多いのかな？」

「ああ。釣り客もよく来る。桟橋があっただろう？　秋や春のシーズンになると沖合いを狙える、あの桟橋の先は、大物狙いの釣り人たちで賑《にぎ》わう」

ユウトはあえて差し障りのない会話を続けた。焦《じ》れったい気はしたが、まずは話をすることで、ディックとの心理的距離を詰めたいと思ったのだ。

ユウトがしきりにいい場所だと褒めると、ディックはハリケーンが来ると大変なんだぞ、と苦笑した。よく直撃される場所なので、建物には保険が効かないらしい。

日が暮れ始めたのでディックが部屋の灯りをつけていると、外から車のクラクションが聞こえてきた。短めに三度響いたクラクションに、ディックが「ジョーイだな」と呟いた。

「ちょっと外に出てくる。知り合いが来たみたいだ」

「ああ。ゆっくりどうぞ」

ディックが出て行ってしまうと、ユウトは立ち上がって窓から外をのぞいた。家の前の通りに赤いピックアップが停まっている。車体に手をついたディックは、身を屈めるようにして中の相手と何か話し込んでいた。彼がジョーイだろう。

ジョーイは愛嬌《あいきょう》のある顔立ちをした、まだ年の若い男だった。ユウトの位置からディックの顔はわからなかったが、ジョーイの楽しそうな笑顔を見れば、ふたりが親密な間柄なのは明らかだった。

ジョーイは帰り際、手を伸ばしてディックの頰を叩いた。ふたりは本当に仲がいいようだ。

唐突に後悔の気持ちが込み上げてきた。やはり自分は来るべきではなかったのかもしれない。ディックはもう新しい人生を歩き始めている。新しい友人——いや、もしかすると恋人かもしれないが、ともかくここで暮らしながら、新しい自分を築き上げているのだ。

今のディックに必要なのは、過去の自分を知らない人間なのではないか。デルタフォースの隊員だったことも、囚人だったことも、CIAのエージェントだったことも、何も知らない相手。そのほうがディックも普通の男として、伸びやかな気持ちで生きられるだろう。

「すまなかった。話し好きの男だから長くなった」

「いいよ。……ディック。この辺にモーテルかホテルはあるかな?」

ユウトが切り出すと、ディックの目に怪訝《けげん》そうな色が浮かんだ。

「泊まるのか？」

まだ帰らないのかと言われているみたいで、胸がキリッと痛んだ。

「ああ。せっかくこんなきれいな海まで来たんだから、帰るのは明日にするよ」

明るい調子で言葉をつけ加えると、ディックは「そうか」と小さく頷いた。

「なら、うちに泊まればいい。部屋なら空いてる」

「でも……」

「もう少ししたら、近くのレストランに行こう。シーフードのうまい店があるんだ」

ディックにすれば、わざわざＬＡからやって来た相手を放りだすこともできないのだろう。気をつかわせて悪いと思ったが、断るのも角が立つ。

「それは楽しみだな」

ユウトはどうにか作り笑いを浮かべて、そばにいた犬の頭を撫でた。


ディックお勧めのレストランは、車で十分ほどの場所にあった。ディックが絶賛するだけあって、海老のたっぷり入ったパスタも牡蠣《かき》のフライも絶品だった。

窓際の席で食事をしていると、何人かの客がディックに声をかけてきた。店のウェイトレスとも顔見知りのようで、ディックは気軽な調子で会話をしていた。

この街に馴染《なじ》んだディックの姿を見るほどに、自分はもう彼にとって過去の存在なのだという気持ちが強くなった。

ディックの家に戻ってきてシャワーを浴びると、ユウトは少し疲れたから早めに休むとディックに告げ、早々に二階の客室に足を向けた。

どんどん虚《むな》しさが増してくる。笑顔を浮かべて親しい友人のように会話をしていても、以前にはなかったよそよそしさが漂い、それは透明な壁のようにふたりを遠く隔てているのだ。

深夜を過ぎても、いっこうに眠気は訪れてくれなかった。何かに耐えるようにベッドの中でジッとしていたが、さすがに明け方が近づいてくると辛くなってきた。ユウトは眠ることを諦《あきら》めて部屋を出た。

一階に降りると勝手に冷蔵庫を開けて、よく冷えた缶ビールを頂戴《ちょうだい》した。外で潮風でも感じながら飲もうかとデッキに足を向けた時、先客がいるのに気づいた。ディックがデッキに腰を下ろして、まだ暗い海を眺めていたのだ。

回れ右で部屋に戻ろうとしたが、ディックの背中を見ていると、その場から動けなくなった。時々吹きつけてくる強い潮風が、ディックの髪やシャツを揺らしている。けれどディック自体は、凍りついた化石のようにピクリとも動かない。

ユウトの胸に、唐突な欲望が湧き上がってきた。

――あの寂しそうな背中を抱き締めたい。力一杯に両腕を巻きつけ、彼の広い背中に何度も頬を押し当ててみたい。

何かに誘われるように、ユウトはゆっくりとディックに近づいた。木製のデッキに素足を滑らせる。あと数歩という距離まで来た時、ディックが振り向いた。

「どうした？　もう目が覚めたのか」

ユウトはディックの言葉に我に返り、「ああ」と答えた。

「海でも見ながら、ビールを飲もうかと思って」

手に持っていた缶ビールを見せると、ディックは薄く笑ってまた海に顔を向けた。一気に気が抜けてしまった。ユウトはまた友人の顔に戻り、他愛のない会話を始めた。

「あの桟橋。ディックもよく行くのか？」

桟橋には灯りがついていた。夜釣りのためだろうか。

「いや。あそこに入るのには五ドルいるからな」

「五ドルは高いよ」

「俺もそう思う」

ふたりが黙り込むと、波の音しか聞こえなくなる。一瞬たりとも途切れることのない波の音を聞いていると、不思議と心が穏やかになってくる。まるで天然の子守歌のようだ。

「……ディック。ひとつだけ聞いてもいいか」

今なら過去の話ができそうだった。ディックは嫌かもしれないが、過去を断ち切るためにも、過去を知る必要があるのではないか。自然とそう思えてきた。

「ああ。なんだ」

「コルブスの遺体はどうしたんだ……？」

ディックは開いた膝の上に肘《ひじ》を載せながら、しばらく口を閉ざしていた。

「ボゴタの病院にお前を送り届けた後、もう一度あのキャンプに戻った。奴の遺体はあそこに埋葬した」

「わざわざ、そのためだけに戻ったのか？」

「ああ。あいつにとっては、あのキャンプは故郷だった。育った場所に埋めてやるのが一番いいかと思ってな」

ディックはユウトの手から缶ビールを取ると、プルトップを開けて口をつけた。

「シェルガー刑務所にいた頃、コルブスは一緒に脱獄してコロンビアに行かないかって何度も誘ってきた。しばらくはジャングルの奥地にあるキャンプに身を潜めて、ほとぼりがさめたら自分の仕事を手伝えばいいってな。俺は奴からもっと情報を引きだしたくて、話に乗るふりでいろいろ尋ねた。それであのキャンプの大体の場所は知っていたんだ。それが思わぬところで役立った。結果的にはお前を救えたんだからな」

ディックの声は淡々としていた。静かな口調からは、かつての怒りも恨みも感じられない。

　ユウトをさらった時、コルブスはディックに久しぶりに古巣に戻ってくると告げた。あれは追いかけてこいという、意思表示だったのだろう。ディックがコルブスにだけ固執していたように、コルブスもまたディックに執着していたのだ。自分だけを、死に物狂いで追いかけてくる男。それが憎しみゆえであっても孤独なコルブスにとっては、地獄への道連れができたような気持ちだったのではないか。

「ＣＩＡとはどうなったんだ？」

「コロンビアから帰ってきた時点で、縁は切れた。もう仕事は受けていない」

「そうか。……こんなことを言ったら、お前は嫌がるかもしれないけど、お前とコルブスはどこか似てるよ」

「俺とコルブスが？　やめてくれ」

　ディックは本気で嫌そうだったが、ユウトにはそう思えてならなかった。あのコロンビアのキャンプでも感じたことだが、やはりその気持ちは強まるばかりだった。

　ディックは孤児として施設で育った。コルブスも親を知らず、他人に育てられた。ふたりはいつしか軍人として生きるようになった。ディックは国のために、コルブスはマニングのために。それぞれ理由は違うが、任務のために鉄の心を持つようになったのだ。そしてどちらも他人になりすまして刑務所に入り込み、仮面を被り合った状態で友になった。

「まだコルブスを憎んでいるのか？」

ユウトはどうしてもディックの本心を知りたかった。まだディックの心には、深い闇が横たわっているのだろうか。地獄を彷徨うような気持ちで、生きているのだろうか。

「死んだ男を憎み続けるのは難しい」

「ディック……」

安堵する思いで横顔を見ていると、ディックは軽く溜《た》め息《いき》をついた。

「でも許したわけじゃない。あいつのしたことは、一生かかっても許せないと思ってる」

許せないという感情までなくすのは無理だろう。けれど激しい憎悪だけでも手放すことができたなら、ディックはもう大丈夫だ。きっと新しい人生を自由に生きていくことができる。

コルブスとディックはよく似ていたが、決定的に異なる部分があった。ディックは他人を愛することができる人間だ。失った仲間や恋人を深く愛したように、これからも誰かを愛することができる。コルブスという大きな闇と決別できたことで、ディックは未来に目を向けて生きられるようになったのだ。

「もうじき夜明けだ。ここに座っていれば、海から昇ってくる朝日が見えるぞ」

ディックの言葉通り、東の空が白くなってきた。水平線の一点から生まれた光は、やがて大きな広がりを見せ、力強い朝日となった。

あれはいつだったろう。ホテルの冷たい窓ガラスに額を押しつけ、祈るような気持ちで朝日を見ていた。この光がディックの心にまで届けばいいと願いながら。

今の彼の心の中には、ちゃんと朝日が差し込んでいる。もうディックは闇に捕らわれてはいない。そのことがわかっただけでも、ここに来た甲斐《かい》はあった。

やっぱり会いに来てよかったのだ、とユウトは思った。ずっと願い続けてきたディックの幸せだけは、この目でちゃんと確認できたのだから。

辛くても認めよう。ディックの人生に、自分はもう必要がない人間なのだ。

ふたりの人生はもう交わらない。別々の軌跡を描き、違う方向へと伸びていく。

ユウトは喪失感に包まれながら、ディックの隣で明けていく空を見上げ続けた。

9

ユウトはデイパックを肩に提げると、玄関のドアを開けた。

ポーチの上に、犬がダラリと寝そべっている。ユウトは「じゃあな」と頭を撫で、庭で水を撒《ま》いているディックに顔を向けた。

「ディック、そろそろ行くよ」

ディックがホースを持ったまま振り返る。ディックはユウトを眩しげに見上げ、「そうか」と短く呟いた。

「空港まで送っていこう。キーを取ってくるから待っててくれ」

シャツの裾《すそ》で手を拭《ふ》きながら、ディックはポーチに登ってきた。

「いいよ。バスで行くから」

ディックは遠慮するなと言ったが、ユウトは頑として断った。空港まで見送りに来られたら、気持ちが崩れてしまいそうな気がしたからだ。せっかく自分を抑えてきたのに、最後の最後に馬鹿げたことを言って、ディックを困らせたくはない。

「……本当にいいのか？」

「ああ、ここで別れよう。いろいろありがとう。……お前の元気な姿が見られてよかったよ」

ユウトは少し迷ったが、右手を差しだした。

ディックとは友人として別れるのだ。そうすればいつか、もう少し時間がたって、この胸の痛みが薄れた頃に、またディックの顔を見に来ることができるかもしれない。

ディックは少しぶっきらぼうに手を伸ばして、ユウトの手を握った。

「俺もお前に会えて嬉しかった。元気でな」

久しぶりに感じるディックの手の温もりが、無性に切なかった。

一度はあんなに激しく求め合ったふたりなのに。

狂おしいまでの恋しさに、心を焦がした相手なのに。

「……ディックも元気で」

ユウトは手を離して、ジャンプするように階段を降りた。そして少し距離を取ってからディックを振り返り、微笑んだ。

――どこにいても、お前の心が安らかであることを祈ってる。お前の幸せを祈ってる。

シェルガー刑務所での別れの瞬間に、そしてDCで再会した夜に、ユウトが口にした言葉だった。けれどももう今は必要ない。彼はユウトが祈らなくても、幸せになれる。

だからユウトは心の中でだけ、その言葉を呟いた。

「さようなら、ディック」

背を向けて歩きだそうとした時、ディックの小さな声が耳に届いた。

「……行くな。ユウト」

聞き間違いかと思い、すぐには振り返ることができなかった。

「行くな、ユウト。行かないでくれ」

今度はさっきよりはっきりと聞こえた。けれどまだユウトは振り向けない。

「俺の心が安らかになれるのは、お前のことを考えている時だけだ」

ユウトのさっきの心の声が、ちゃんと聞こえていたかのような言葉だった。

「お前なしで、俺は幸せになんてなれない」

その言葉。忘れもしない。自分がいつかディックに言った言葉だった。マーキラディンでパーティ会場を抜け出した時、自分のことを忘れて幸せになれと言ったディックに、ユウトはこう答えたのだ。

『無理だ。お前がいなきゃ、俺は幸せになんてなれない……っ』

あの時に時間が戻ったような気がした。

「……ユウト。頼むからこっちを向いてくれ」

ユウトは震える息を吐きながら、ゆっくりと身体の向きを変えた。ポーチの上から、ディックは強く訴えるような瞳でユウトを見ている。

「もう遅いのか？　お前にとって、俺はもう過去の存在なのか？」

ユウトは強く頭を振った。

「遅くない。お前は過去の存在なんかじゃない」

「だったら来てくれ。ここに戻ってきて欲しい。俺のそばに……」

ディックがゆっくりと両手を広げた。その姿があふれ出す涙でにじんで見えた。

ユウトはデイパックを地面に落とすと、勢いよくポーチを駆け上り、ディックの胸の中に飛び込んだ。驚いた犬が慌てて立ち上がる。

「ディック……っ」

「ああ」

「ディック、ディック、ディッ――」

ディックを呼ぶユウトの声は、激しいキスに呑み込まれた。

――キスしている。ディックと今、恋人としてのキスを交わしている。夢なんかじゃない。

夢中で唇を重ね合っていると、ディックが片手でドアを開けた。ふたりはキスしながら、もつれ合うように家の中へ入った。

「愛してる、ユウト……。お前を愛してる……」

「俺もだ。ディック、お前を愛してる。世界中の誰よりも」

ディックは壁にユウトを押しつけると、貪《むさぼ》るように舌を搦《から》めてきた。自分の口腔で暴れているディックの熱い舌が夢のようで、ユウトはもうされるがままだった。

「お前が欲しい……。気が狂いそうに欲しい」

息を乱しながら情熱的に囁かれると、それだけで達してしまいそうだった。ユウトはディックの顔を両手で押さえ、かすれた声で「ベッドに」と呟いた。

「ベッドに連れて行ってくれ。お前のベッドに、早く……」

「駄目だ。二階まで行く時間が惜しい」

ディックはユウトの手を強く引いてリビングに入った。そのままの勢いでユウトをソファの上に押し倒すと、ディックは飢えた獣のように激しく身体中をまさぐり始めた。同時に額や瞼にキスの雨を降らせてくる。

ディックの荒々しさに、ユウトの呼吸はどんどん乱れてしまう。高まる興奮のせいで、どこを触られても恥ずかしい声が漏れそうだった。全身が性感帯になったみたいだ。

昼間の明るいリビングで、着ているのを全部奪われてしまう。ユウトは羞恥《しゅうち》に頬を染め、ディックにカーテンを閉めてくれと懇願した。

「大丈夫だ。誰も覗いたりしない」

ディックはまったく取り合ってくれず、それどころか床に跪《ひざまず》き、ユウトの一番深い場所に顔を埋めた。熱い唇で張り詰めたものを激しく愛撫《あいぶ》され、ユウトは首を振った。

「嫌だ……ディック、カーテンを……っ」

「無理言うな。今は一秒だってお前から離れたくないんだ」

ユウトの雄を口でもてあそびながら、ディックは唾液《だえき》で濡《ぬ》れた指で窄《すぼ》まりを撫でた。

「指なんかじゃなくて、中まで舐《な》めてやりたいよ」

「馬鹿、そんなこと……あっ、や……ディック……」

長い指がグッと奥まで入ってきた。小刻みに抽挿されたり、中をねっとりと掻《か》き回されると、深い場所から疼《うず》くような熱が孕《はら》んでくる。ディックは前と後ろの両方を、同時に激しく責め立てた。こらえきれず、ユウトのペニスはディックの中で呆気《あっけ》なく弾《はじ》けた。

ディックはユウトがぐったりしている隙に服を脱ぎ捨て、口で受け止めた白濁を手に吐きだした。それを勃起している自分のものに塗りつけ、ユウトの足の間に腰を落とした。

「天然のローションで我慢してくれ」

あまりにも澄ました顔で言うから、つい笑ってしまった。

「宅配ピザでも頼めばいいのに。オリーブオイルつきで」

ディックは「駄目だ」と首を振った。

「ここは街外れだから届くまで三十分はかかる。ピザは冷めてもいいが、俺の息子はそんなに待てない」

まるでロブが言いそうなセリフだった。身体を揺らせて笑っていると、ディックは「笑うなよ」と言って、ソファの背もたれ側にあるユウトの足を持ち上げた。

「俺にとっては重要な問題なんだぞ。……痛かったら言えよ」

ディックの高ぶりが入ってくる。ユウトは受け入れやすいように、浅い呼吸を繰り返した。

「あ……はぁ……」

身体の内側をいっぱいに埋め尽くされるような圧迫感に襲われ、背筋が震えてしまう。

「苦しいか？　痛みは？」

そう聞いてくるディックのほうが、苦痛をこらえているような顔をしている。けれど快感を味わっているのはわかっていた。ユウトはディックが摑んでいた足を自分の胸に近づけ、身体をふたつに折り曲げるような体勢を取った。このほうが、ディックを深く受け入れられる。

「痛くない。気持ちいいよ。だから来てくれ……」

ディックのたくましい腰を両手で摑み、前後に揺さぶる。ユウトが強いインサートをねだるので、ディックも我慢できなくなったようだ。身体全体を使うようにして、ユウトの内部を深く抉り始めた。

ソファが軋《きし》んでうるさかったが、ディックの動きと同じリズムのせいか、耳まで一緒に犯されているような気になってくる。

「ん、いい……ディック、すごい……。あ、あぅ……っ」

「ユウト……。熱くて、なんて柔らかいんだ……。お前の中で、俺のペニスが溶けそうだ」

自分の感じている快感がどんなものかを、ディックが率直に伝えてくる。恥ずかしさはあったが、そんなふうにディックを虜《とりこ》にしているのが自分なのだと思うと、泣きたいほどの喜びが

湧き起こってくる。

もっと貪って欲しいと思う。いくらでも味わって欲しい。ディックが悦《よろこ》んでくれるなら、この肉体をすべて与えたい。髪の先から爪先まで、すべて残らず奪い取って欲しい。

「ディック、ディック……」

愛しさの限りにその名前を呼び続ける。ディックはユウトを突き上げることで、呼びかけに答えているようだった。

ふたりは時間も忘れ、夢中で愛を交わし合った。ユウトはディックの温もりに包まれながら、もう自分たちは自由なのだと実感した。

これは後から思いだして悲しくなるような、刹那《せつな》的なセックスではない。何かに追われるような気持ちで、抱き合わなくてもいい。そのことが、ただ嬉しい。

身体を離した後、ふたりに悲しい別れは待っていないのだ。

長い別離を経てようやく結ばれたふたりが、たった一度のセックスで満たされるはずもなく、その後は二階のディックの部屋で二度目の行為が始まった。

ソファで存分に欲望を満たし合った後なので、今度は愛情を分かち合うように、ふたりはゆっくりと時間をかけて、互いの温もりを求め合った。

俯《うつぶ》せになっているユウトに身体を重ね、ディックは波間をゆったりと泳ぐように、背後から優しく腰を回してくる。ユウトもディックの動きに合わせ、艶《つや》めいた呼吸を漏らし続けた。

心も身体も溶けていくようだった。快感は愛情の作用で増加する。そして愛されている実感が、また快感をさらに深くしていく。

身体の飢えが治まった後も、ふたりは身体をぴったりと寄せ合い、戯れるような甘いキスを交わし続けた。

「まだ夢を見ているようだ。俺の腕の中にお前がいるなんて」

ユウトの額に唇を寄せながら、ディックが低く囁いた。

「……お前はひどい男だ」

ユウトが拗《す》ねたように呟くと、ディックは驚いた表情を浮かべ「なぜ？」と言った。

「もしかして、痛くしたのか？　すまない。興奮していたから、つい抑えが――」

「馬鹿、違うよ。セックスの話じゃない」

見当違いな謝罪に苦笑して、ユウトは目の前にあったディックの耳朶《じだ》に噛みついた。

「痛い。何を怒ってるんだ？」

「怒るだろう、普通。……帰る直前まで、本当の気持ちを言ってくれなかったんだから。俺がどんな気持ちでいるのか、わからなかったのか？」

ユウトが責めると、ディックは少しムッとしながら言い返した。

「お前も悪いんだ。ホテルに泊まるなんて言いだすから、てっきりお前にとって俺はもう、ただの友人でしかないと思い込んだ」

「あれは……。俺もお前の態度がよそよそしかったから、もう駄目なんだって思って」

ディックが慌てて言い訳してきた。

「仕方ないだろう。俺を訪ねてきたお前の真意が、まるでわからなかったんだから」

「どうしてわからないんだよ。わざわざこんな遠いところまで、やって来たっていうのに」

「お前は人一倍、責任感の強い男だ。その生真面目《きまじめ》な性格を考えれば、俺が元気でやっているのか自分の目で確かめなきゃ、気が済まないんじゃないかと思った。その疑いは、お前のホテル発言で確信に変わった。だから俺ひとりの責任じゃない」

あくまでも、ユウトも同罪だと言いたいらしい。少々腹が立ったが、こんなことで喧嘩《けんか》をするのも馬鹿らしいので、それ以上の文句はやめておいた。

蓋《ふた》を開けてみれば、なんのことはなかった。互いに相手の気持ちがわからず、臆病になっていただけなのだ。どちらも相手を大事に思うからこそ、怖くて本音を告げられなかっただけで、実際は最初から同じ気持ちでいたのだ。自分もディックも不器用すぎて、なんだか笑える。

「……ずっとお前のことを考えていた」

ディックが仲直りを申し出るように、ユウトを強く抱き締めた。

「刑務所にいた時も、外に出てからも、この街に戻ってきてからも、ずっとお前のことばかり考えてた」

「だったらなぜ、俺に会いに来てくれなかったんだ？　ネトに聞けば、俺の居場所くらいすぐわかったはずだ」

　責めるのではなく、純粋な疑問だった。もしもユウトが決心してここに来ていなかったら、自分たちはずっと離ればなれのままだったのだ。自分を好きでいてくれたのならどうして、と思わずにはいられなかった。

「俺はずっとお前の気持ちを踏みにじってきた。仲間の復讐を果たすことしか考えられなくて、自分の執念にだけ取り憑《つ》かれ、お前をたくさん悲しませてしまった。何度も傷つけて、苦しませて……。そんな俺にお前を迎えに行く資格なんて、ないと思い込んでいたんだ。俺みたいなくだらない人間じゃなく、ロブのような男と一緒にいるほうが、お前には幸せなことじゃないかって、そう言い聞かせていた」

　ディックが自分に対してそんな強い罪悪感を持っていたなんて、まったく知らなかった。ディックはディックで、自分を責めて生きていたのだ。

「本当にすまなかった」

「ディック、もういいよ……。もう全部終わったんだ。いろんなことがあったけど、今はお前とこうやって一緒にいられるんだ。それだけで辛かった昔のことなんて、全部忘れられる」

　ユウトが微笑むと、ディックは「ありがとう」と呟いた。

「本当にお前はここにいるんだよな?」

変なことを聞かれ、ユウトは苦笑した。

「当たり前だろう?　俺が幽霊にでも見えるのか?」

ディックは身体を離すと、ユウトの顔の輪郭を指で撫でた。

「見えないけど、お前の幻を抱いてるように思える」

ユウトは疑り深いディックの手を摑むと、思いきり指に嚙みついた。

「痛い。なんでまた嚙むんだ?」

「指についた歯形を見ろよ。幽霊や幻にはできないことだぞ」

ディックは可笑しそうに口元をゆるめ、「確かにな」と自分の指先を眺めた。


「――いつになるか、まだはっきりわからない。……え?　そりゃ、帰るよ。決まってるだろう。このままこっちに住んだりしないって。来週には帰るから。……うん。また電話する」

ユウトが電話を切ると、デッキで犬のブラッシングをしていたディックが、少し不機嫌そうに話しかけてきた。

「ロブはなんだって?」

「しばらくこっちにいるって言ったら、もう帰ってこないのかって取り乱してた。ロブって早とちりで困るよ」

　ユウトはしばらくディックの家に泊まっていくことにした。お互いの気持ちが同じだったことがわかった以上、急いで帰る理由はまったくない。

「ずっとロブと仲良くしてるんだな」

「まあね。彼はすごくいい奴だから」

　ディックは「ふうん」と素っ気なく答え、毛が大量についたブラシを眺めた。

「……もしかして、ヤキモチ焼いてるの？　ロブは本当に友人だって言ってるのに」

「わかってるよ。わかっててもむかつくんだ。よし、いいぞ。……犬」

　解放された犬はやれやれという態度で、デッキにごろんと転がった。

「なあ、ディック。やっぱり名前がないのって変だよ。何か考えてあげよう」

「いいんだ。こいつは犬でいい」

　頑固な奴だな、とユウトは呆れた。

「ちょっと海まで行ってくる。来い。……犬」

　犬はパッと身体を起こし、喜び勇んでディックの後に続いた。ディックが手に持ったボールを投げてやると、犬は器用に空中でキャッチした。

　サンダルを引っかけ、ユウトも海へ降りた。砂浜に立って深く深呼吸すると、潮の香りが胸一杯に広がっていく。本当に気持ちのいい午後だ。

ディックと犬は場所を移して、今度は波打ち際でじゃれ合い始めた。どっちも波を被って、びしょ濡れだ。

離れた場所から眺めていると、ディックが手を振った。

「ユウトも来いよ。気持ちいいぞ」

「ああ」

歩きだそうとして、ユウトは強い既視感を覚えた。今の言葉。このシチュエーション。以前にも同じことがあった気がする。

だが、そんなはずがなかった。ユウトはディックと海に行ったこともなければ、この街にも生まれて初めて来たのだから。

けれど、やっぱり自分は前に同じ光景を見ている。それだけは確かだった。

なんだろうとしばらく考え、やっと答えが出た。

いつか見た夢とまったく同じなのだ。シェルガー刑務所を出た後、ＦＢＩのアカデミーに入るため、クアンティコに向かっていた飛行機の中。そこでユウトは夢を見たのだ。

波打ち際を歩く、穏やかな表情をしたディック。その夢の中でもディックは今と同じように、ユウトを呼んでくれた。

あの飛行機の中でユウトは思ったのだ。自分を信じる気持ちが未来をつくる。願う気持ちが運命を切り開いていくのだ、と。

夢は実現した。ふたりの人生はやっとひとつに重なったのだ。諦めない気持ちが、あの過去の延長線上にある、今という未来をユウトに与えてくれた。

「おーい、ディック！」

ユウトがディックのそばまで来た時、どこからともなく声が聞こえてきた。振り返ると、通りに赤いピックアップが停まっていた。運転席から手を振っているのはジョーイだ。

「釣ってきた魚、玄関のところに置いといた。そこの友達に食わせてやってくれっ」

「ああ、いつも悪いな」

ディックも声を張り上げる。

「それから、ユウティにはジャーキーのお土産だ！」

犬がジョーイに向かって何度も吠《ほ》えた。まるで言葉を理解して、喜んでいるようだ。クラクションを三回慣らし、ジョーイは去っていった。

「ユウティ……？　ユウティって、もしかしてこの犬の名前？」

犬が「そうだ！」と言わんばかりに、ワンと吠えた。自分の名前をわかっているのだ。

「俺の名前を取ってつけたのか？」

ディックはバツが悪そうに、明後日の方向を向いている。

「もしかして俺に知られるのが嫌で、名無しだなんて言ったのかよ。呆れるな」

「……しょうがないだろう。恥ずかしかったんだから」

ムスッとした顔で、ディックが家に向かって歩きだす。お前が怒ることとか、とユウトは溜め息をついた。トーニャはディックがシャイだと言ったが、それは確かに当たっている。

「犬にまで俺の名前をつけるほど、俺のことが好きなんだ？」

もっと怒らせてやろうという悪戯心《いたずら》が起きて、ニヤニヤしながらからかってやると、ディックはクルッとユウトを振り返った。

「ああ、そうだ。好きだよ。大好きだ。悪いか？」

「……悪くない」

わかればいいんだという態度で、ディックが腕を組んだ。だからなぜそこで、お前が偉そうにするんだと言ってやりたい。

ディックは気難しい部分がある。恋人にするのには、少々手こずる相手だった。軽い非難を込めて、わざとらしく大きな溜め息をついてやると、ディックがまたムッとした。

「なんだ？　言いたいことがあるなら、はっきり言えよ」

「別に」

ユウトが顔を背けてさっさと歩きだすと、ディックは焦ったように追いかけてきた。

「ユウト、待てよ。文句があるなら言え。いや、言ってくれ。頼む」

ディックの必死さが面白くて、素知らぬ顔で歩き続けていると、後ろから腕を掴まれた。

「怒ったのか？」

しょげた表情でディックが呟いた。

「腹が立った時はそう言ってくれ。悪いところも指摘していい。だから無視はするなよ」

本気でユウトが怒ったと誤解しているらしい。ユウトはもう許してやることにして、ディックに微笑んだ。ホッとしたようにディックが手を離した。

「……俺は欠点だらけの人間だから、お前に愛想尽かされそうで怖いよ」

「ディック・バーンフォードが怖いだって？　シェルガー刑務所にいた連中が聞いたら、目を丸くするな」

からかうとディックは本気で落ち込んでいるように、肩をすくめた。

「お前は俺にとって完璧な恋人だが、俺はそうじゃない」

「ディック。やめろよ。完璧な恋人なんて、どこにもいやしないよ」

完璧な恋人という言葉に、ユウトはロブの言ったことを思いだした。

運命の相手は出会うのではなく、自分で決めるものだ。理想を追い求めず、相手を決めたらとことん好きになる。欠点さえ魅力だと感じるようになるまで。百人を愛するより、ひとりの相手を百年愛するほうが、ずっと素晴らしい。ロブはそんなことを言っていたが、本当にその通りだと思った。

「ディック。完璧な恋人になんて、ならなくていいよ。――でもその代わり、頼みがある」

「ああ。なんでも言ってくれ」

真剣な顔でディックが頷く。ユウトは込み上げてくる笑いをこらえ、こう言ってやった。

「俺だけを百年愛してくれ」

ディックは真面目な顔で聞き返していた。

「俺に百三十歳まで生きろって言ってるのか？」

「そうそう。俺のために長生きしてくれよ」

「一応、努力はするが……」

ユウトは困り顔のディックに、笑って身体をぶつけた。

「魚、早く冷蔵庫に入れたほうがいいんじゃないか？」

「ああ、そうだな。……帰ろうか」

ディックも笑みを浮かべ、ユウトの肩を抱き寄せた。並んで砂浜を歩きだすと、ユウティもふたりの後ろをついてきた。

「ユウト」

「ん？」

「一緒に暮らさないか？」

ごく自然な口調で、ディックが切りだしてきた。

「ここで？」

「どこでもいい。ここでもＬＡでも他の街でも。お前さえそばにいてくれるなら、俺はどこに住んだっていいんだ」

ユウトは「そうか」と頷き、尽きない喜びを噛みしめていた。

「俺もお前と一緒に暮らしたいよ。……でもディック。その前に、ひとつだけ聞いておきたいことがある。とても大事なことだ」

「なんだ？」

ディックは少しだけ不安そうにユウトの顔を覗き込んだ。

「お前の本当の名前を教えてくれないか？」

「あ……」

ディックは一瞬驚いた顔をしてから、「参ったな」と苦笑した。

「そういえば、まだ教えてなかったか」

「そうだよ。そろそろ、俺に教えてくれてもいいんじゃないのか？」

ユウトが胸を叩くと、ディックは笑いながら耳元に唇を近づけてきた。

「俺の名前はな――」

「うん」

笑いを含んだディックの吐息が、ふわっと耳朶に触れる。最愛の人の本当の名前を知るために、ユウトはくすぐったくても必死で我慢しながら聞き耳を立てた。

あとがき

こんにちは。英田《あいだ》です。本作にてDEADLOCKシリーズは完結です。

刑務所の中から始まったディックとユウトの恋。どうにか落ち着くところに落ち着いて、やれやれという感じです。夢にまで見た白い砂浜が出てきた時には、ユウト以上に作者の私が涙しました（笑）。

DEADSHOTの意味は命中弾。誰が誰を仕留めるのか？　登場人物たちの胸を撃ち抜く、それぞれの愛と野望の行方は？　そんなイメージで最後のタイトルはこうなりました。

このシリーズの出発点は「刑務所ものが書きたい」の一語に尽きますが、三冊すべてが刑務所の中というのはさすがにまずいだろうと考え、じゃあ二冊目からはわけありの囚人たちに外の世界に出てもらって、という感じの発想で始まりました。

不純な動機（？）のせいか、全体に恋愛シーンそのものを書いたページは少なかったのですが、ディックを想うユウトの一途な気持ちだけは、ずっと作品の根底に流れていたのではないかと思います。

事件の解決する時が、ユウトとディックの恋が成就する時。その最終着地点だけを目指して書いてきました。紆余曲折と困難と葛藤と回り道の末、やっと結ばれたふたり。すべてはこのカタルシスのためのもの……（笑）。

担当のMさん。本当にお疲れさまでした。というか、疲れさせてしまってすみませんでした。このシリーズはMさんなしでは生まれてきませんでした。私の書きたいものを丸ごと受け止め、そしてしっかり支えてくださったおかげで、こうやって最後まで書くことができました。

この本を書いている時は心身共にどん底の状態で、何度も挫けそうになりました。担当がMさんでなければ、駄目になっていたかもしれません。Mさんの変わらぬ励ましと温かいご理解のおかげで、どうにか切り抜けることができました。本当に本当にありがとうございました。

そしてイラストを担当してくださった高階佑《たかしなゆう》先生。何度見てもうっとりするような素晴らしいイラストの数々に、最初から最後まで感激しっぱなしでした。とんでもなくご迷惑をおかけしたのに、逆に励ましの言葉をいただき、とてもとても勇気づけられました。タイトなスケジュールの中、本当に大変だったと思います。深くお詫びすると同時に、心から感謝致します。ご一緒にお仕事をさせていただくことができて、本当によかったです。

最後になりましたが読者の皆さま。最後までおつき合いくださって、ありがとうございます。

一冊目が出た時は皆さまに楽しんでもらえるのか不安でしたが、思いのほかたくさんのご声援をいただけて、本当に嬉しかったです。お話は完結してしまいましたが、このＤＥＡＤＬＯＣＫシリーズが少しでも皆さまの心に残り続ければいいな、とひたすら願っています。

最新の活動情報をお知らせするブログもやっております。よろしければ、ぜひアクセスしてみてください。〈英田サキ・情報ブログ・http://blog.aidax.net〉

ひとつ嬉しいお知らせがあります。一冊目の「DEADLOCK」がドラマCDになります。インターコミュニケーションズさまより、秋頃の発売予定です。男だらけのムショライフ。どんなふうになるのか、私も今から楽しみです。ぜひお聴きになってくださいね。

初めての本が出てから丸三年。これが二十冊目の著作です。ちょっとした区切りの作品になった気が致します。また新しい作品で皆さまにお会いできることを願いつつ。

二〇〇七年六月　英田サキ

参考文献

・「アメリカの国家犯罪全書」ウィリアム・ブルム著　益岡賢訳　作品社
・「司法改革への警鐘―刑務所がビジネスに」ニルス・クリスティーエ著
寺沢比奈子、長岡徹、平松毅訳　信山社出版
・「刑務所の王」井口俊英著　文藝春秋

この本を読んでのご意見、ご感想を編集部までお寄せください。

《あて先》〒105－8055　東京都港区芝大門2－2－1　徳間書店　キャラ編集部気付

「DEADSHOT」係

■初出一覧

DEADSHOT……書き下ろし

2007年6月30日　初刷

著　者　英田サキ

発行者　市川英子

発行所　株式会社徳間書店
〒105-8055　東京都港区芝大門2-2-1
電話048-451-5960（販売部）
03-5403-4348（編集部）
振替00140-0-44392

DEADSHOT……【キャラ文庫】

印刷・製本　図書印刷株式会社
カバー・口絵　近代美術株式会社
デザイン　海老原秀幸

ISBN978-4-19-900440-7